Joseph

George Sand

Copyright pour le texte et la couverture © 2023 Culturea
Edition : Culturea (culurea.fr), 34 Hérault
Contact : infos@culturea.fr
Impression : BOD, Norderstedt (Allemagne)
ISBN : 9791041834570
Date de publication : juillet 2023
Mise en page et maquettage : https://reedsy.com/
Cet ouvrage a été composé avec la police Bauer Bodoni
Tous droits réservés pour tous pays.

Joseph

Cependant ma vue s'éclaircit peu à peu, et mes pieds, que la souleur tenait comme chevillés en terre, me permirent de suivre le grand bûcheux qui m'entraînait du côté des loges. Je fus alors bien étonné de voir que nous étions seuls avec sa fille, Joseph, Brulette et les trois ou quatre anciens qui avaient assisté au combat. Tout le reste du monde s'était ensauvé sitôt qu'on avait vu prendre les bâtons, afin de n'avoir point à témoigner en justice si l'affaire tournait mal. Les gens des bois ne se trahissent point les uns les autres, et pour n'avoir point à être appelés et tourmentés par les hommes de loi, ils s'arrangent pour ne rien savoir et n'avoir rien à dire. Le grand bûcheux parla aux anciens dans leur langage, et je les vis retourner sur le lieu du combat, sans pouvoir m'imaginer ce qu'ils y voulaient faire; je suivis Joseph et les femmes, et nous revînmes aux loges sans nous dire un mot les uns aux autres.

Quant à moi, j'avais été si secoué en moimême, que je ne me sentais point en train de causer. Quand nous fûmes rentrés en la loge, nous étions tous si blêmes que nous nous fîmes quasiment peur. Le grand bûcheux, qui nous avait rejoint, s'assit, l'air pensif et les yeux fichés en terre. Brulette, qui avait fait un grand effort pour ne questionner personne, fondit en larmes dans un coin; Joseph, comme accablé de fatigue et de souci, s'étendit de son long sur le lit de fougère. Thérence seule allait et venait pour préparer la couchée; mais elle avait les dents serrées, et quand elle faisait effort pour parler, il semblait qu'elle fût devenue bègue.

Mais, au bout de quelques moments donnés à la réflexion ou à l'inquiétude, le grand bûcheux se leva, et nous regardant tous:Eh bien, mes enfants, nous ditil, qu'estce qu'il y a donc? Une leçon a été donnée, en toute justice, à un mauvais homme, connu dans tous ses passages pour quelque méchante action, et qui avait abandonné sa femme, laquelle en est morte de misère et de chagrin. Il y a longtemps que ce Malzac déshonorait le corps des muletiers, et s'il fût mort, personne ne l'eût pleuré. Fautil que nous soyons tristes et tourmentés pour quelques bons coups que mon fils Huriel lui a portés en franche bataille? Pourquoi pleurezvous, Brulette? Avezvous le cœur si doux que vous plaigniez le vaincu? et ne jugezvous point que mon fils a bien fait de venger votre honneur et le sien? Il m'avait tout raconté, et je savais que, par prudence pour vous, il n'avait pas voulu punir sur l'heure le méfait de son confrère. Il aurait même souhaité que Tiennet n'en parlât point et n'y fût pour rien. Mais moi, qui ne voulais point de manquement à la vérité, j'ai laissé parler Tiennet comme il a cru devoir faire. Je suis content qu'il n'ait pas pu s'exposer dans une bataille trèsdangereuse pour celui qui n'en connaît point les feintes. Je suis content aussi que la bonne chance ait été pour mon fils; car, entre un homme juste et un mauvais chrétien, j'aurais pris parti dans mon cœur pour le juste, encore qu'il n'eût point été le sang de mon sang et la chair de ma chair. Par ainsi, remercions Dieu, qui a bien jugé, et lui demandons d'être toujours pour nous, en ceci et en toutes choses.

Et le grand bûcheux se mit à genoux, et fit avec nous la prière du soir, dont chacun se sentit réconforté et tranquillisé; puis, on se sépara de bonne amitié pour prendre du repos.

Je ne fus pas longtemps sans entendre que le grand bûcheux, dont je partageais toujours la chambrette, dormait dur, malgré un peu d'angoisse dans ses rêvasseries. Mais, dans la loge des filles, j'entendais toujours pleurer Brulette, qui en était malade et ne se pouvait remettre; et comme elle parlait avec Thérence, j'approchai mon oreille tout près de la cloison, non point par curiosité, mais par souci de sa peine.

Allons, allons, rentrez vos pleurs et vous endormez, disait Thérence d'un ton décidé. Les larmes ne servent de rien, et, je vous l'ai dit, il faut que j'y aille; si vous réveillez mon père, qui ne le sait point blessé, il voudra y aller, et ça peut le compromettre dans une mauvaise affaire, au lieu que moi, je n'y risque rien.

Vous me faites peur, Thérence; comment irezvous toute seule trouver ces muletiers? Tenez, ils m'effrayent toujours beaucoup, et pourtant j'y veux aller avec vous. Je le dois, puisque c'est moi qui suis la cause de la bataille. Nous appellerons Tiennet...

Non pas! non pas! ni vous, ni lui! Les muletiers ne regretteront pas Malzac s'il en meurt; bien au contraire: mais s'il avait été mis à mal par quelqu'un qui ne fût pas de leur corps, et surtout par un étranger, à l'heure qu'il est votre ami Tiennet serait en mauvaise passe. Laissezle donc dormir; c'est assez qu'il ait voulu s'en mêler, pour qu'il fasse bien, à présent, de se tenir tranquille. Quant à vous, Brulette, sachez bien que vous y seriez mal reçue, puisque vous n'avez pas, comme moi, un intérêt de famille qui vous y attire, et où personne, chez eux, ne s'avisera de me contrecarrer. Ils me connaissent tous, et ne craignent pas que je sois de trop dans leurs secrets.

Mais, croyezvous donc les trouver encore dans la forêt? Votre père n'atil pas dit qu'ils s'en allaient dans le haut pays et ne passeraient pas la nuit dans les environs?

Il faut toujours qu'ils y restent le temps de panser les blessés; mais si je ne les trouvais plus, je serais tranquille; car ce serait la preuve que mon frère n'a que peu de mal, et qu'il aurait pu se mettre en route avec eux tout de suite.

Estce que vous l'avez vue, cette blessure? dites, ma chère Thérence, ne me cachez rien!

Je ne l'ai pas vue: on ne voyait rien; il disait n'avoir reçu aucun mauvais coup et ne pensait point à luimême: mais, regardez, Brulette, et ne vous écriez pas; voilà le mouchoir dont je lui ai essuyé la figure et que je croyais mouillé de sa sueur. J'ai vu, en arrivant ici, qu'il était tout trempé de son sang, et il m'a fallu du courage pour retenir mon saisissement devant mon père, qui était bien assez soucieux, et devant Joseph, qui est bien assez malade.

Il se fit un silence, comme si Brulette, en regardant ou en prenant le mouchoir, eût été suffoquée; puis, Thérence lui dit:

Rendezlemoi; il faut que je le lave dans le premier ruisseau que je rencontrerai.

Ah! dit Brulette, laissezlemoi garder; je le tiendrai bien caché.

Non, mon enfant, répondit Thérence; si les gens de justice avaient l'éveil de quelque bataille, ils viendraient tout bousculer ici, et mêmement fouiller les personnes. Ils sont devenus trèstracassiers depuis quelque temps, et voudraient nous faire renoncer à nos coutumes, qui se perdent bien assez d'ellesmêmes sans qu'ils y mettent la main.

Hélas! dit Brulette, ne seraitil pas à souhaiter que la coutume de batailles aussi dangereuses fût ôtée de votre pays?

Oui, mais cela dépend de bien des choses auxquelles les juges du roi ne peuvent ou ne veulent rien. Il faudrait qu'ils rendissent la justice, et ils ne la rendent guère qu'à ceux qui ont le moyen de la payer. En estil autrement dans vos pays? Vous n'en savez rien, mais je gage bien que c'est comme chez nous. Seulement, les Berrichons ont le sang trèslourd et ils patientent avec le mal qu'on peut leur faire, sans s'exposer à en chercher un pire. Ici, ce n'est point de même. L'homme qui vit dans les forêts, s'il ne se défendait point des méchants comme des loups et des autres mauvaises bêles, ne pourrait point exister. Estce que, par hasard, vous blâmeriez mon frère d'avoir demandé justice devant son monde, d'une injure et d'une menace qu'il avait été forcé d'endurer devant vous? Il y a peutêtre bien eu un peu de votre faute, dans la rancune qu'il en avait gardée; songez à cela, Brulette, avant de l'accuser. Si vous n'aviez pas marqué tant de chagrin et de dépit pour les insultes de ce muletier, il les aurait peutêtre oubliées pour sa part, car il n'y a pas homme plus doux qu'Huriel et plus enclin à pardonner; mais vous vous teniez pour offensée, il vous avait promis réparation, il vous l'a baillée bonne. Ce n'est pas un reproche que je vous fais, ni à lui non plus; j'aurais peutêtre été aussi chatouilleuse que vous, et, quant à lui, il a fait son devoir.

Non, non, dit Brulette se remettant à pleurer, il ne me devait point de s'exposer pour moi comme il l'a fait, et j'ai eu tort de lui montrer ma fierté. Je ne me le pardonnerai jamais, et, s'il lui arrive malheur d'une manière ou de l'autre, votre père et vous, qui avez été si bons pour moi, ne pourrez non plus me faire grâce.

Ne vous tourmentez pas de cela, répondit Thérence. Arrive ce que Dieu voudra, vous n'aurez point de reproche de nous. Je vous connais à présent, Brulette, et je sais que vous méritez l'estime. Allons, essuyez vos larmes, et tâchez de vous reposer. J'espère que je n'aurai pas de mauvaises nouvelles à vous rapporter, et je suis sûre que mon frère sera consolé et guéri à moitié, si vous me permettez de lui dire le chagrin que vous cause son mal.

Je pense, dit Brulette, qu'il y sera moins sensible qu'à votre amitié, et qu'il n'y a point de femme au monde qu'il puisse aimer autant qu'une sœur si bonne et d'un si grand courage. C'est pourquoi, Thérence, je me reproche de vous avoir demandé votre gage de première communion, et s'il lui prenait envie de le ravoir, je pense que vous feriez bien de le lui rendre, puisque vous l'avez à votre collier.

À la bonne heure, Brulette, dit Thérence, et pour cette parole, je vous embrasse. Dormez en paix, je pars!

Je ne dormirai pas, répondit Brulette, je prierai Dieu de vous assister jusqu'à ce que je vous voie de retour.

J'entendis Thérence sortir doucement de sa loge, et j'en fis autant, une minute après. Je ne pouvais point m'accommoder la conscience de l'idée que cette belle jeunesse allait ainsi s'exposer toute seule aux dangers de la nuit, et que, par crainte pour moimême, je ne ferais pas ce qui était en moi pour lui porter assistance. Les gens qu'elle allait trouver ne me paraissaient pas si commodes et si bons chrétiens qu'elle le disait, et d'ailleurs, ils n'étaient peutêtre pas les seuls à battre les bois à cette heure. Notre danse avait attiré des gredots, et l'on sait que tous ceux qui demandent la charité ne la font pas aux autres quand l'occasion du mal leur est belle. Et puis, je ne sais pas pourquoi la figure rouge et luisante du frère carme, qui avait si bien fêté mon vin, me revenait en mémoire. Il m'avait semblé ne pas baisser souvent les yeux quand il passait auprès des filles, et je ne savais point ce qu'il était devenu dans la bagarre.

Mais comme Thérence avait témoigné à Brulette ne vouloir point de ma compagnie pour aller trouver les muletiers, souhaitant ne pas lui déplaire, je me déterminai de la suivre à portée de l'ouïe, sans me montrer à elle, si elle n'avait pas occasion de crier à l'aide. À cette fin, je lui laissai donc prendre environ une minute d'avance, mais pas davantage, encore que j'eusse aimé à tranquilliser Brulette en lui disant mon dessein; j'aurais craint de me retarder et de perdre la piste de la belle des bois.

Je la vis traverser la clairière et entrer dans le taillis qui descendait vers le lit d'un ruisseau, non loin des loges. J'y entrai après elle, par le même sentier, et, comme il s'y trouvait beaucoup de crochets, je la perdis bien vite de vue; mais j'entendais le petit bruit de son pas, qui, de temps en temps, cassait une branche morte par terre, ou faisait rouler un petit caillou.

Il me sembla qu'elle marchait vite, et j'en fis autant pour ne me point trop laisser dépasser. Deux ou trois fois, je me crus si près d'elle, que je me détardai un peu pour ne pas me faire voir. J'arrivai ainsi à l'une des routes tracées dans le bois; mais l'ombrage de la futaie y régnait si dru, que j'eus beau regarder à ma droite et à ma gauche, je pus rien voir qui me fît connaître quel côté elle avait pris.

J'écoutai, l'oreille penchée vers la terre, et j'entendis, dans la sente qui continuait de l'autre côté du chemin, le même bruit de branches qui m'avait déjà servi. Je me hâtai d'aller par là, jusqu'à un autre chemin qui me conduisit au ruisseau, et là, je commençai à croire que je n'étais plus sur la trace de Thérence, car le ruisseau était large et vaseux, et quand je l'eus passé, en y enfonçant beaucoup, je ne trouvai plus aucune trace frayée. Il n'y a rien qui trompe comme les sentiers des bois: en des endroits, les arbres se trouvent plantés de manière qu'on croit avoir trouvé une allée; ou bien les animaux, en allant boire à quelque mare, ont battu un passage; mais tout à coup, on se trouve pris dans des ronces si méchantes, ou enfoncé dans un terrain, si mouvant, que rien ne sert de s'y obstiner. On n'y entrerait que pour s'y égarer de plus en plus.

Cependant, je m'y entêtai, parce que j'entendais toujours du bruit devant moi, et même ce bruit devint si certain que je me mis de courir, me déchirant aux épines et m'enfonçant au plus épais: mais une manière de grognement sauvage que j'entendis me fit connaître que ce que je poursuivais était un sanglier, qui commençait à s'ennuyer de moi et à m'avertir qu'il en avait assez.

N'ayant qu'un bâton pour défense, et ne connaissant d'ailleurs point la manière d'avoir raison d'une pareille bête, je quittai la partie, et revins sur mes pas, un peu inquiet que ce sanglier ne s'imaginât, par honnêteté, de me vouloir faire la conduite.

Par bonheur, il n'y songea point, et je remontai jusqu'au premier chemin, d'où, à tout hasard, je tirai du côté qui conduisait à l'entrée du bois de Chambérat, où nous avions fait la fête.

Encore que dérouté, je ne voulus point renoncer à mon idée, car Thérence pouvait aussi bien que moi faire rencontre d'une bête sauvage, et je ne pense point qu'elle sût des paroles pour s'en faire écouter.

Je connaissais déjà assez la forêt pour ne m'y point perdre longtemps, et je gagnai l'endroit de la danse. Il me fallut quelques moments pour m'assurer que c'était bien la même clairière, car j'avais compté y retrouver ma ramée que je n'avais pas pris le temps d'enlever, non plus que les ustensiles dont je l'avais garnie, et j'en trouvai la place aussi nette que si elle n'y eut jamais été.

Cependant, en y regardant bien, je reconnus l'endroit où j'avais enfoncé les pieux, et celui où les pieds des danseurs avaient brûlé le gazon.

Je voulus me remettre en route vers le côté par où les muletiers avaient emmené Huriel et emporté Malzac; mais j'eus beau chercher à m'en souvenir, j'avais été si empêché de mes esprits dans ce momentlà, que je ne pus m'en faire une idée. Force me fut d'aller à l'aventure, et je marchai ainsi toute la nuit, bien las, comme vous pouvez croire, m'arrêtant souvent pour écouter, et n'entendant que les chevêches qui criaient dans les arbres, ou quelque pauvre lièvre qui avait plus peur de moi que moi de lui.

Encore que le bois de Chambérat ne fît, dans ce tempslà, qu'un seul bois avec celui de l'Alleu, je ne le connaissais pas, n'y ayant été qu'une fois depuis que j'étais en ce pays. Je ne fus pas longtemps sans m'y trouver perdu, chose qui ne me tourmenta guère, car je savais que ni l'un ni l'autre de ces bois n'était d'une conséquence à me mener jusqu'à Rome. D'ailleurs, le grand bûcheux m'avait déjà appris à m'orienter, non par les étoiles, qui ne se voient pas toujours en une forêt, mais par la direction des maîtresses branches, lesquelles, en nos pays du mitant, sont souvent battues du vent de galerne et s'étendent plus volontiers vers le levant du jour.

La nuit était trèsclaire, et si douce, que, si je n'eusse été galopé de quelque souci d'esprit et fatigué de mon corps, j'aurais pris aise à la promenade. Il ne faisait point clair de lune; mais les étoiles brillaient dans le ciel, qui n'était embrouillé d'aucune nuée; et mêmement, sous la feuillée, je voyais trèsbien à me conduire. Je m'étais fort amendé en courage depuis le temps où j'avais peur en la petite forêt de SaintChartier; car, tout au rebours, je me sentais aussi tranquille que dans nos traines, et voyant fuir les animaux à mon approche, je ne m'en souciais plus du tout. Je commençais aussi à reconnaître que ces endrois couverts, ces ruisseaux grouillants dans les ravines, ces herbages fins, ces chemins de sable, et tous ces arbres d'un beau croît et d'une grande fierté pouvaient faire aimer ce pays à ceux qui en étaient. Il y avait de grandes fleurs dont je ne sais point le nom, qui sont comme gueules blanches picotées de jaune, et dont l'odeur est si vive et si bonne, que, par moments, je me serais cru en un jardin.

En marchant toujours vers le couchant, je gagnai les brandes et suivis longtemps la lisière, écoutant et regardant partout; mais je ne rencontrai signe de monde en aucun lieu, et m'en revins sur la pique du jour, sans avoir trouvé ni Thérence ni personne à qui parler.

Comme j'en avais assez et ne conservais plus espoir de m'utiliser, je rentrai sous bois, et, coupant tout à travers, je vis enfin, dans un endroit trèssauvage, sous un gros chêne, quelque chose qui me parut être quelqu'un. Le petit jour grisonnait jusque sur les buissons, et je m'avançai sans bruit jusqu'à portée de reconnaître le froc du frère carme. Ce pauvre homme, que j'avais soupçonné dans mon esprit, était bien sagement et dévotement agenouillé, et faisait ses prières sans paraître penser à mal.

Je m'approchai en toussant pour l'avertir et ne le point effrayer; mais ce n'était pas de besoin, car ce moine était un compère, ne craignant que Dieu, et pas du tout le diable ni les hommes.

Il leva la tête, me regarda sans étonnement, puis renfonçant sa figure sous son capuchon, se remit à marmonner tout bas ses orémus, et je ne voyais que le bout de sa barbe qui dansait à chaque parole, comme celle d'une chèvre qui croque du sel.

Quand il me parut avoir fini, je lui souhaitai bonnes matines, espérant avoir de lui quelque nouvelle; mais il me fit signe de me taire, se leva, ramassa sa besace, regarda bien la place où il s'était agenouillé, et avec son pied quasi nu, releva l'herbe et nivela le sable qu'il avait foulés; puis, il m'emmena à une petite distance et me dit à voix couverte:

Puisque vous savez ce qui en est, je ne suis pas fâché de vous parler avant que je reprenne ma tournée.

Le voyant en humeur de causer, je me gardai de le questionner, ce qui l'eût rendu peutêtre plus méfiant; mais, au moment qu'il ouvrait la bouche, Huriel se montra devant nous et parut si surpris et même contrarié de me voir là, que j'en fus embarrassé de mon côté, comme si j'étais pris en faute.

Il faut dire aussi qu'Huriel m'eut peutêtre effrayé si je l'eusse rencontré seul à seul dans la brume du matin. Il était plus barbouillé de noir que je ne l'avais encore vu, et un mouchoir, serré sur sa tête, cachait si bien ses cheveux et son front, qu'on ne voyait guère de sa figure que ses grands yeux, qui paraissaient creusés et qui avaient perdu leur feu ordinaire. Il avait l'air d'être son propre esprit plutôt que son propre corps, tant il glissait doucement sur les bruyères, comme s'il eût craint d'éveiller même les grelets et les moucherons cachés dans l'herbe.

Le moine prit le premier la parole, non pas comme un homme qui en accoste un autre, mais comme celui qui reprend un entretien après un peu de dérangement:Puisque le voilà, ditil en me montrant, il est utile de lui faire des recommandations sérieuses, et j'étais en train de lui dire.

Puisque vous lui avez tout dit... reprit Huriel en lui coupant la parole d'un air de reproche.

À mon tour, je coupai la parole à Huriel pour lui apprendre que je ne savais encore rien, et qu'il était libre de me cacher ce qu'il avait sur le bout de la langue.

C'est bien à toi, répondit Huriel, de ne pas chercher à en savoir plus long qu'il ne faut; mais si c'est ainsi, frère Nicolas, que vous gardez un secret de cette conséquence, je regrette de m'être fié à vous.

Ne craignez rien, dit le carme. Je croyais ce jeune homme aussi compromis que vous!

Il ne l'est pas du tout, dit Huriel, Dieu merci! C'est assez de moi!

Tant mieux pour lui s'il n'a péché que par intention, reprit le moine. Il est votre ami, et vous n'avez rien à en craindre; mais quant à moi, je serais bien aise qu'il ne dît à personne que j'ai passé la nuit dans ces bois.

Qu'estce que ça peut vous faire? dit Huriel; un muletier a été blessé par accident; vous lui avez donné des soins, et, grâce à vous, il sera vite guéri: qui peut vous blâmer de cette charité?

Oui, oui, dit le moine: gardez bien la fiole et usezen deux fois par jour. Lavez bien la plaie à l'eau courante, aussi souvent que faire se pourra; ne laissez point les cheveux s'y coller, et tenezla à couvert de la poussière: c'est tout ce qu'il faut. Si vous veniez à prendre la fièvre, faitesvous faire une bonne saignée par le premier frater que vous rencontrerez.

Merci! dit Huriel. J'ai assez perdu de sang comme cela, et ne crois point qu'on en ait jamais trop. Grâces vous soient rendues, mon frère, pour vos bons secours, dont je n'avais pas grand besoin, mais dont je ne vous sais pas moins de gré; et, à présent, recevez nos adieux, car voilà qu'il fait jour, et votre prière vous a retenu ici un peu trop.

Sans doute, reprit le moine; mais me laisserezvous partir sans me faire un bout de confession? J'ai soigné votre peau, c'était le plus pressé; mais votre conscience estelle en meilleur état, et pensezvous n'avoir pas besoin de l'absolution, qui est pour l'âme ce que le baume est pour le corps?

J'en aurais grand besoin, mon père, dit Huriel; mais vous auriez tort de me la donner; je n'en suis pas digne avant d'avoir fait pénitence: et quant à ma confession, vous n'en avez que faire pour me prêcher, vous qui m'avez vu pécher mortellement. Priez Dieu, pour moi, voilà ce que je vous demande, et faites dire beaucoup de messes pour... les gens qui se laissent trop emporter à la colère.

J'avais cru d'abord que le muletier plaisantait; mais je connus que non, à la manière triste dont il parla, et à l'argent qu'il remit au carme en finissant son discours.

Comptez que vous en aurez selon votre générosité, dit le carme en serrant l'argent dans son aumônière; et il ajouta d'un air qui ne sentait point le cagot: «Maître Huriel, nous sommes tous pécheurs, et il n'y a qu'un juge qui soit juste. Lui seul, qui n'a jamais fait le mal, est en droit de condamner ou d'absoudre les fautes des hommes. Recommandezvous à lui, et comptez que tout ce qui est à votre décharge, il vous en fera profiter dans sa miséricorde. Quant aux juges de la terre, bien sot et bien lâche serait celui qui voudrait vous envoyer devant eux, qui sont faibles ou endurcis comme des créatures fragiles. Repentezvous, vous aurez raison, mais ne vous trahissez pas, et quand vous sentirez la grâce vous appeler au tribunal de pénitence, n'ayez affaire qu'à un bon prêtre, voire à un pauvre carme déchaussé comme le frère Nicolas.

Et vous, mon enfant, dit encore le bonhomme, qui se sentait en goût de prêcher et qui voulut me donner aussi son coup de goupillon, apprenez à modérer vos appétits et à surmonter vos passions. Évitez les occasions de pécher; fuyez les querelles et les rixes sanglantes...

C'est bon, c'est bon, frère Nicolas, dit Huriel en l'interrompant. Vous prêchez un converti, et vous n'avez pas de pénitence à commander à celui dont les mains sont restées pures. Adieu. Partez, je vous dis, il est temps.

Le moine s'en alla en nous donnant la main, d'un grand air de franchise et de bonté. Quand il fut loin, Huriel, me prenant le bras, me ramena vers l'arbre où j'avais vu le carme en prières:

Tiennet, me ditil, je n'ai aucune méfiance de toi, et, si j'ai fait semblant de rappeler ce bon frère au silence, c'est pour le rendre prudent. Au reste, il n'y a guère de danger de son côté: il est le propre oncle de notre chef Archignat, et c'est, en outre, un homme sûr, toujours en bonnes relations avec les muletiers, qui l'aident souvent à transporter les denrées de sa collecte d'un lieu à l'autre; mais si je suis tranquille sur lui et sur toi, ce n'est pas une raison pour que je te dise ce que tu n'as pas besoin de savoir, à moins que tu ne le souhaites pour ne pas douter de mon amitié.

Tu en feras ce que tu voudras, lui répondisje. S'il est utile pour toi que je sache les conséquences de ta batterie avec Malzac, dislesmoi, quand même j'aurais regret à les entendre; sinon, j'aime autant ne pas trop savoir ce qu'il est devenu.

Ce qu'il est devenu! répéta Huriel, dont la voix sembla étouffée par un grand malaise; et il m'arrêta aux premières branches que le chêne étendait vers nous, comme s'il eût craint de marcher sur un terrain où je ne voyais pourtant nulle trace de ce que je commençais à deviner. Puis il ajouta, en jetant devant lui un regard obscurci de tristesse, et parlant de ce qu'il voulait taire, comme si quelque chose le poussait à se trahir:Tiennet, te souvienstu des paroles glaçantes que cet homme nous a dites au bois de la Roche? «Il ne manque pas de fosses dans les bois pour enterrer les fous, et ni les pierres, ni les arbres n'ont de langue pour raconter ce qu'ils ont vu!»

Oui, répondisje, sentant une sueur froide me passer par tout le corps; il paraît que les mauvaises paroles tentent le mauvais sort, et qu'elles portent malheur à ceux qui les disent.

Huriel se signa en soupirant; je fis comme lui, et, nous détournant de ce mauvais arbre, nous passâmes notre chemin.

J'aurais voulu lui dire, comme le carme, quelque bonne parole pour le tranquilliser, car je voyais bien qu'il avait l'esprit en peine; mais, outre que je n'étais pas assez savant pour le prêche, je me sentais coupable aussi à ma manière. Je me disais, par exemple, que si je n'eusse point raconté tout haut l'histoire du bois de la Roche, Huriel ne se serait peutêtre pas si bien souvenu du serment qu'il avait fait à Brulette de la venger, et que si je ne me fusse point porté le premier son défenseur devant les muletiers et les anciens de la forêt, Huriel ne se serait pas tant pressé d'en avoir l'honneur avant moi visàvis d'elle.

Tourmenté de ces idées, je ne pus m'empêcher de les dire à Huriel et de m'accuser devant lui, comme Brulette s'était accusée devant Thérence.

Mon cher ami Tiennet, me répondit le muletier, tu es un bon cœur et un brave garçon. Je ne veux point que tu gardes du trouble en ta conscience, pour une chose que Dieu, au jour du jugement, n'attribuera ni à toi ni peutêtre à moi. Le frère Nicolas a raison, il est le seul juge qui puisse rendre bonne justice, parce qu'il sait les choses comme elles sont. Il n'a pas besoin d'appeler des témoins et de faire enquête de la vérité. Il lit dans le fin fond des cœurs, et il sait bien que le mien n'avait juré ni comploté mort d'homme, au moment où j'ai pris un bâton pour corriger ce malheureux. Ces armeslà sont mauvaises; mais elles sont les seules que nos coutumes nous permettent en pareil cas, et ce n'est pas moi qui en ai inventé l'usage. Certes, mieux vaudrait la seule force des bras et le seul office des poings, comme nous y avons eu recours une nuit, dans ton pré, à propos de mon mulet et de ton avoine; mais sache qu'un muletier doit être aussi brave et aussi jaloux de son renom d'honneur que les plus grands messieurs portant l'épée. Si j'avais avalé l'injure de Malzac sans en chercher réparation, j'aurais mérité d'être chassé de ma confrérie. Il est bien vrai que je n'ai pas cherché cela de sangfroid, comme on doit le faire. J'avais rencontré, hier matin, ce Malzac seul à seul, dans ce même bois de la Roche, où je travaillais tranquillement, sans plus songer à lui. Il m'avait encore molesté de ses sottes paroles, prétendant que Brulette n'était qu'une ramasseuse de bois mort; ce qui, chez les forestiers, s'entend d'un fantôme qui court la nuit, et dont la croyance sert souvent aux filles de mauvaise conduite pour n'être point reconnues, grâce à la peur que les bonnes gens ont de cet esprit follet. Aussi, dans l'idée des muletiers, qui ne sont point crédules, un pareil mot est une grande injure.

»Pourtant, je fus aussi endurant que possible; mais, à la fin, poussé à bout, je lui fis des menaces pour m'en débarrasser. Il me répondit alors que j'étais un lâche, capable d'abuser de ma force en un endroit écarté, mais que je n'oserais pas le défier au bâton, en franche bataille, devant témoins; que chacun savait bien que je n'avais jamais eu occasion de marquer ma hardiesse, et que là où il y avait compagnie, j'étais toujours du goût de tout le monde, afin de n'avoir point à me mesurer en partie égale.

»Làdessus, il me quitta, disant qu'il y avait danse au bois de Chambérat, que c'était Brulette qui régalait, et qu'elle en avait le moyen, attendu qu'elle était maîtresse d'un gros bourgeois en son pays; et que, pour sa part, il irait là se divertir et courtiser la demoiselle à ma barbe, si j'avais le cœur de m'en venir assurer.

»Tu sais, Tiennet, que j'avais intention de ne plus revoir Brulette, et cela pour des raisons que je te dirai peutêtre plus tard.

Je les sais, répondisje, car je vois que tu as vu ta sœur cette nuit, et voilà, à ton oreille, un gage qui dépasse ton mouchoir et qui me prouve ce dont j'avais déjà une forte doutance.

Si tu sais que j'aime Brulette et que je tiens à son gage, reprit Huriel, tu en sais autant que moi; mais tu ne peux en savoir davantage, car je ne suis sûr que de son amitié, et quant au reste... Mais il ne s'agit pas de ça, et je te veux raconter comment le malheur m'a ramené ici. Je ne voulais ni être vu de Brulette, ni lui parler, parce que j'avais remarqué le tourment qui serrait le cœur de Joseph à mon endroit; mais je savais que Joseph n'avait pas ses forces pour la défendre, et que Malzac était assez sournois pour s'échapper aussi de toi.

»Je suis donc venu ici au commencement de la fête, et je me suis tenu caché aux alentours de la danse, me promettant de partir sans me faire voir, si Malzac n'y venait point. Tu sais le reste jusqu'au moment où nous avons pris le bâton. Dans ce momentlà, j'étais en colère, je le confesse; mais pouvaitil en être autrement, à moins de valoir autant qu'un saint du paradis? Cependant, je ne voulais que donner une correction à mon ennemi, et ne pas laisser dire plus longtemps, surtout dans un moment où Brulette était au pays, qu'à force d'être doux et patient, j'étais un lièvre. Tu as vu que mon père, qui est las de pareils propos, ne m'a pas empêché de prouver que je suis un homme; mais il faut que je sois doué d'une mauvaise chance, puisque à mon premier combat, et quasi de mon premier coup... Ah! Tiennet! on a beau avoir été forcé, et sentir en soimême qu'on est doux et humain, on ne se console pas aisément, j'en ai peur, d'avoir eu la main si mauvaise! Un homme est un homme, si mal appris et mal embouché qu'il soit: celuilà était peu de chose de bon, mais il aurait eu le temps de s'amender, et voilà que je l'ai envoyé rendre ses comptes avant qu'il les eût mis en ordre. Aussi Tiennet, tu me vois, je t'assure, bien dégoûté de l'état de muletier, et je reconnais, à présent, avec Brulette, qu'il est malaisé à un homme juste et craignant Dieu de s'y maintenir en estime avec sa conscience et l'opinion des autres. Je suis obligé d'y passer encore un temps, à cause des engagements que j'ai pris; mais tu peux compter que le plus tôt possible, je m'en retirerai et prendrai quelque autre métier plus tranquille.

C'est là, disje à Huriel, ce que je dois rapporter à Brulette, estce pas?

Non, répondit Huriel, avec une grande assurance; à moins que Joseph ne soit si bien guéri de son amour et de sa maladie qu'il puisse renoncer à elle. J'aime Joseph autant que vous l'aimez, mes bons enfants; et d'ailleurs, il m'a fait ses confidences, il m'a pris pour son conseil et son soutien; je ne le veux pas tromper, ni contrecarrer.

Mais Brulette ne veut pas de lui pour amant et mari, et peutêtre vaudraitil mieux qu'il le sût le plus tôt possible. Je me chargerais bien de le raisonner, si les autres n'osaient, et il y a chez vous une personne qui pourrait rendre Joseph heureux, tandis qu'il ne le sera point par Brulette. Il aura beau attendre, plus il se flattera, plus le coup lui paraîtra dur à porter: au lieu que, s'il ouvrait les yeux sur la véritable attache qu'il peut trouver ailleurs...

Laissons cela, répondit Huriel en fronçant un peu le sourcil, ce qui lui fit faire la grimace d'un homme qui souffre d'un grand trou à la tête, comme il l'avait justement tout frais sous son mouchoir rouge: toutes choses sont en la main de Dieu; et, dans notre famille, personne n'est pressé de faire son bonheur aux dépens de celui des autres. Il faut, quant à moi, que je parte, car je répondrais trop mal aux gens qui me demanderaient où a passé Malzac, et pourquoi on ne le voit plus au pays. Écoute seulement encore un mot sur Brulette et sur Joseph. Il est bien inutile de leur dire le malheur que j'ai fait. Excepté les muletiers, il n'y a que mon père, ma sœur, le moine et toi qui sachiez que quand l'homme est tombé, c'était pour ne plus se relever. Je n'ai eu que le temps de dire à Thérence tout bas: «Il est mort; il faut que je quitte le pays.» Maître Archignat en a dit autant à mon père; mais les autres bûcheux n'en savaient rien et ne souhaitaient point le savoir. Le moine luimême n'y aurait vu que du feu, s'il ne nous eût suivis pour porter secours aux blessés, et les muletiers étaient tentés de le renvoyer sans lui rien dire; mais le chef a répondu de lui, et moi, quand j'aurais dû y risquer mon cou, je ne voulais pas que cet homme fût enterré comme un chien, sans prières chrétiennes.

»À présent, c'est à la garde de Dieu. Tu comprends donc, de reste, qu'un homme menacé, comme je suis, d'une mauvaise affaire, ne peut pas, de longtemps, songer à courtiser une fille aussi recherchée et aussi précieuse que Brulette. Seulement, tu peux bien, pour l'amour de moi, ne pas lui dire où j'en suis. Je veux bien qu'elle m'oublie, mais non qu'elle me haïsse ou me craigne.

Elle n'en aurait pas le droit, répondisje, puisque c'est pour l'amour d'elle...

Ah! dit Huriel en soupirant et en passant sa main sur ses yeux, voilà un amour qui me coûte cher!

Allons, allons, lui disje, du courage! Elle ne saura rien, tu peux compter sur ma parole; et tout ce que je pourrai faire pour qu'à l'occasion elle reconnaisse ton mérite, je le ferai bien fidèlement.

Doucement, doucement, Tiennet, reprit Huriel; je ne te demande pas de te mettre de côté pour moi comme je m'y suis mis pour Joseph. Tu ne me connais pas autant, tu ne me dois pas la même amitié, et je sais ce que c'est que de pousser un autre en la place qu'on voudrait occuper. Tu en tiens aussi pour Brulette, et il faudra que, sur trois prétendants que nous sommes, deux soient justes et raisonnables quand le troisième sera préféré. Encore ne savonsnous point si nous ne serons pas pillés par un quatrième. Mais, quoi qu'il en advienne, j'espère que nous resterons amis et frères tous les trois.

Il faut me retirer de l'ordre des prétendants, répondisje en souriant sans dépit. J'ai toujours été le moins emporté, et, à présent, je suis aussi tranquille que si je n'y avais jamais songé. Je sais le secret du cœur de cette belle; je trouve qu'elle a fait le bon choix, et j'en suis content. Adieu donc, mon Huriel, que le bon Dieu t'assiste et que l'espérance t'aide à oublier cette mauvaise nuit!

Nous nous donnâmes l'accolade du départ, et je m'enquis du lieu où il se rendait.

Je m'en vas, ditil, jusqu'aux montagnes du Forez. Faismoi écrire au bourg d'Huriel, qui est mon lieu de naissance et où nous avons des parents établis. Ils me feront passer tes lettres.

Mais pourrastu voyager si loin avec cette plaie à la tête? N'estelle point dangereuse?

Non, non, ditil, ce n'est rien, et j'aurais souhaité que l'autre eût la tête aussi dure que moi!

Quand je me trouvai seul, je m'étonnai de tout ce qui était advenu en la forêt sans que j'en eusse ouï ou surpris la moindre chose. D'autant plus que, repassant, au grand jour, sur la place de la danse, je vis que, depuis le minuit, on était revenu faucher l'herbe et piocher la terre pour enlever toute trace du malheur qui y était arrivé. Ainsi, d'une part, on était venu, par deux fois, raccommoder les choses en cet endroit; de l'autre, Thérence avait communiqué avec son frère, et, au milieu de tout cela, on avait pu faire un enterrement, sans que, malgré la nuit claire et le silence des bois, en les suivant dans toute leur longueur et en prêtant grande attention, j'eusse été averti par la moindre apparence et le moindre souffle. Cela me donna bien à penser sur la différence des habitudes et partant des caractères, entre les gens forestiers et les laboureurs des pays découverts. Dans les plaines, le bien et le mal se voient trop pour qu'on n'apprenne pas, de bonne heure, à se soumettre aux lois et à se conduire suivant la prudence. Dans les forêts, on sent qu'on peut échapper aux regards des hommes, et on ne s'en rapporte qu'au jugement de Dieu ou du diable, selon qu'on est bien ou mal intentionné.

Quand je regagnai les loges, le soleil était levé; le grand bûcheux était parti pour son ouvrage, Joseph dormait encore, Thérence et Brulette causaient ensemble sous le hangar. Elles me demandèrent pourquoi je m'étais levé si matin, et je vis que Thérence était inquiète de ce que j'avais pu voir et apprendre. Je fis comme si je ne savais rien, et comme si je n'avais pas quitté le bois de l'Alleu.

Joseph vint bientôt nous rejoindre, et j'observai qu'il avait beaucoup meilleure mine qu'à notre arrivée.

Je n'ai pourtant guère dormi, réponditil, je me suis senti agité jusqu'à l'approche du jour; mais je crois que c'est parce que la fièvre, qui m'a tant accablé, m'a enfin quitté depuis hier soir, car je me sens plus fort et plus dispos que je ne l'ai été depuis longtemps.

Thérence, qui se connaissait à la fièvre, lui questionna le pouls, et la figure de cette belle, qui était bien fatiguée et abattue, s'éclaircit tout d'un coup.

Allons! ditelle, le bon Dieu nous envoie au moins ce bonheur, que voilà un malade en bon chemin pour guérir. La fièvre est partie et les forces du sang reviennent déjà.

S'il faut que je vous dise ce que j'ai senti, reprit Joseph, ne dites pas que c'est une songerie; mais voici la chose. D'abord, apprenezmoi si Huriel est parti sans blessure, et si l'autre n'en a pas plus qu'il ne faut. Avezvous reçu des nouvelles du bois de Chambérat?

Oui, oui, répliqua vivement Thérence. Tous deux sont partis pour le haut pays. Dites ce que vous alliez dire.

Je ne sais pas trop si vous le comprendrez, vous deux, reprit Joseph, s'adressant aux jeunes filles, mais voilà Tiennet qui l'entendra bien. En voyant hier notre Huriel se battre si résolûment, les jambes m'ont manqué, et, me sentant plus faible qu'une femme, j'aurais, pour un rien, perdu ma connaissance; mais, en même temps que mon corps s'en allait défaillant, mon cœur devenait chaud et mes yeux ne lâchaient point de regarder le combat. Quand Huriel a abattu son homme et qu'il est resté debout, il m'a passé un vertige, et, si je ne me fusse retenu, j'aurais crié victoire, et mêmement chanté comme un fou ou comme un homme pris de vin. J'aurais couru l'embrasser si j'avais pu; mais tout s'est dissipé, et, en revenant ici, j'étais brisé dans tous mes os, comme si j'eusse porté et reçu les coups.

N'y pensez plus, dit Thérence, ce sont de vilaines choses à voir et se remémorer. Je gage que vous en avez mal rêvé ce matin?

Je n'en ai rêvé ni bien ni mal, dit Joseph; j'y ai songé, et me suis senti peu à peu tout réveillé dans mes idées, et tout raccommodé dans mon corps, comme si l'heure était venue pour moi d'emporter mon lit et de marcher, à la manière de ce paralytique dont il est parlé aux Évangiles. Je voyais Huriel devant moi, tout brillant de lumière, et me reprochant ma maladie comme une lâcheté de mon esprit. Il avait l'air de me dire: «Je suis un homme, et tu n'es qu'un enfant; tu trembles la fièvre pendant que mon sang est en feu. Tu n'es bon à rien, et moi je suis bon à tout pour les autres et pour moimême! Allons, allons, écoute cette musique...» Et j'entendais des airs qui grondaient comme l'orage, et qui m'enlevaient sur mon lit, comme le vent enlève les feuilles tombées. Tenez, Brulette, je crois que j'ai fini d'être lâche et malade, et que je pourrais, à présent, aller au pays, embrasser ma mère et faire mon paquet pour partir, car je veux voyager, apprendre, et me faire ce que je dois être.

Vous voulez voyager? dit Thérence, qui s'était allumée de contentement comme un soleil, et qui redevint blanche et brouillée comme la lune d'automne. Vous espérez trouver un meilleur maître que mon père, et de meilleurs amis que les gens d'ici? Allez voir vos parents, vous ferez bien, si vous en avez la force; mais, à moins que vous n'ayez envie de mourir au loin...

Le chagrin ou le mécontentement lui coupèrent la parole. Joseph, qui l'observait, changea tout de suite de mine et de langage.

Ne faites pas attention à ce que je rêvais ce matin, Thérence, lui ditil; jamais je ne trouverai meilleur maître ni meilleurs amis. Vous m'avez dit de vous raconter mes songes; je vous les raconte, voilà tout. Quand je serai guéri, je vous demanderai conseil à vous trois, ainsi qu'à votre père. Jusquelà, ne pensons point à ce qui peut me passer par la tête, et réjouissonsnous, du temps que nous sommes ensemble.

Thérence s'apaisa; mais Brulette et moi, qui connaissions bien comme Joseph était décidé et entêté sous son air doux; nous, qui nous souvenions de la manière dont il nous avait quittés, sans rien contredire et sans se laisser rien persuader, nous pensâmes que son parti était pris, et que personne n'y pourrait rien changer.

Pendant les deux jours qui s'ensuivirent, je recommençai de m'ennuyer, et Brulette pareillement, malgré qu'elle se dégageât beaucoup pour achever la broderie dont elle voulait faire don à Thérence, et qu'elle allât voir le grand bûcheux souvent, tant pour laisser Joseph aux soins de la fille des bois, que pour parler d'Huriel avec son père et consoler ce brave homme de la tristesse et de la crainte où l'avait mis la bataille. Le grand bûcheux, touché de l'amitié qu'elle lui marquait, eut la confiance de lui dire toute la vérité sur Malzac, et loin que Brulette en voulût mal à Huriel, comme celuici l'avait redouté, elle ne s'en attacha que mieux à lui, par l'intérêt qu'elle lui portait et la reconnaissance qu'elle lui devait.

Le sixième jour, on parla de se séparer, car le terme approchait, et il fallait s'occuper du départ. Joseph reprenait à vue d'œil; il travaillait un peu et faisait de tout son mieux pour vitement éprouver et ramener ses forces. Il était décidé à nous reconduire et à passer un ou deux jours au pays, disant qu'il reviendrait au bois de l'Alleu tout de suite, ce qui ne nous paraissait pas bien certain, non plus qu'à Thérence, qui commençait à s'inquiéter de sa santé quasi autant qu'elle s'était inquiétée de sa maladie. Je ne sais si ce fut elle qui persuada au grand bûcheux de nous reconduire jusqu'à michemin, ou si l'idée lui en vint de luimême, mais il nous en fit l'offre, qui fut bien vite acceptée de Brulette, et ne plut qu'à moitié à Joseph, encore qu'il n'en fît rien voir.

Ce bout de voyage ne pouvait que donner au grand bûcheux une diversion à son chagrin, et, en s'y préparant, la veille du départ, il reprit une bonne partie de sa belle humeur. Les muletiers avaient quitté le pays sans encombre, et il n'y était point question de Malzac, qui n'avait ni parents ni amis pour le réclamer. Il pouvait donc bien se passer un an ou deux avant que la justice se tourmentât de ce qu'il était devenu, et encore, étaitelle bien capable de ne s'en enquérir jamais; car, dans ce tempslà, il n'y avait pas grand'police en France, et un homme de peu pouvait disparaître sans qu'on y prît garde.

De plus, la famille du grand bûcheux devait quitter l'endroit à la fin de la saison, et comme ni le père ni le fils ne se tenaient plus de six mois au même lieu, il eût fallu être habile pour savoir où les réclamer.

Pour toutes ces raisons, le grand bûcheux, qui ne craignait que le premier contrecoup de l'événement, voyant que le secret ne s'ébruitait point, reprit confiance et nous rendit le courage.

Le matin du huitième jour, il nous fit tous monter dans une petite charrette basse qu'il avait empruntée, ainsi qu'un cheval, à un sien ami de la forêt, et, prenant les rênes, nous conduisit par le plus long, mais par le plus sûr chemin, jusqu'à SainteSevère, où nous devions prendre congé de lui et de sa fille.

Brulette regrettait, en ellemême, de passer par un pays nouveau, où elle ne revoyait aucun des endroits où elle avait cheminé en la compagnie d'Huriel. Pour moi, j'étais content de voyager et de voir SaintPallais en Bourbonnais, et Préveranges, qui sont petits bourgs sur grandes hauteurs; puis, SaintPrejet et Pérassay, qui sont autres bourgs, en descendant le courant de l'Indre; et, comme nous suivions, quasi depuis sa source, cette rivière qui passe chez nous, je ne me trouvais plus si étrange et ne me sentais plus en un pays perdu.

Je me reconnus tout à fait à SainteSevère, qui n'est plus qu'à six lieues de chez nous, et où j'étais déjà venu une fois. Là, du temps que mes compagnons de route parlaient d'adieux, je fus m'enquérir d'une voiture à louer pour continuer notre voyage; mais je ne pus en trouver une que pour le lendemain, aussi matin que je le souhaiterais.

Quand j'en revins dire la nouvelle, Joseph prit de l'humeur.Quoi donc faire d'une charrette? ditil; ne pouvonsnous, de notre pied, nous en aller chez nous à la fraîcheur et arriver sur la tardée du soir? Brulette a fait souvent plus de chemin pour aller danser à quelque assemblée, et je me sens tout capable d'en faire autant qu'elle.

Thérence observa qu'une si longue course lui ferait revenir la fièvre, et il s'y obstina d'autant plus; mais Brulette, qui voyait bien le chagrin de Thérence, coupa court en disant qu'elle se sentait lasse, qu'elle serait aise de passer la nuit à l'auberge et de s'en aller ensuite en voiture.

Eh bien, dit le grand bûcheux, nous ferons de même. Nous laisserons reposer notre cheval toute la nuit, et nous nous départirons de vous autres au jour de demain. Et, si vous m'en croyez, au lieu de nous restaurer en cette auberge pleine de mouches, nous emporterons notre dîner sous quelque feuillade, ou au bord de l'eau, et y passerons la soirée à deviser jusqu'à l'heure de dormir.

Ainsi fut fait. Je retins deux chambres, l'une pour les filles, l'autre pour les hommes, et voulant régaler une bonne fois le père Bastien à mon idée, m'étant aperçu qu'à l'occasion il était beau mangeur, je fis remplir une grande corbeille de ce qu'il y avait de mieux en pâtés, pain blanc, vin et brandevin, et l'emportai au dehors de la ville. Il est heureux que la mode de boire le café et la bière ne régnât pas encore, car je n'y aurais pas regardé et y eusse laissé le restant de ma poche.

SainteSevère est un bel endroit coupé en ravins bien arrosés, et réjouissant à la vue. Nous fîmes choix d'un tertre élevé, où l'air était si vif que, du repas, il ne resta ni une croûte, ni une verrée de boisson.

Après quoi, le grand bûcheux se sentant tout gaillard, prit sa musette, qui ne le quittait jamais, et dit à Joseph:

Mon enfant, on ne sait qui vit ou qui meurt; nous nous quittons, selon toi, pour deux ou trois jours; selon moi, tu as l'idée d'une plus longue départie; mais peutêtre que, selon Dieu, nous ne devons point nous revoir. Voilà ce qu'il faut toujours se dire quand, au croisement d'un chemin, chacun tire de son côté. J'espère que tu t'en vas content de moi et de mes enfants, comme je suis content de toi et de tes amis qui sont là; mais je n'oublie point que le principal a été de t'enseigner la musique, et j'ai regret aux deux mois de maladie qui t'ont forcé de t'arrêter. Je ne prétends pas que j'aurais pu faire de toi un grand savant, je sais qu'il y en a dans les villes, messieurs et dames, qui sonnent sur des instruments que nous ne connaissons pas, et qui lisent des airs écrits comme on lit la parole écrite dans les livres. Sauf le plainchant, que j'ai appris dans ma jeunesse, je ne connais pas beaucoup cette musiquelà et t'en ai montré tout ce que je savais, c'estàdire les clefs, les notes et la mesure. Quand tu auras envie d'en connaître plus long, tu iras dans les grandes villes, où les violoneurs t'apprendront le menuet et la contredanse; mais je ne sais pas si ça te servira, à moins que tu ne veuilles quitter ton pays et ta condition de paysan.

Dieu m'en garde! répondit Joseph en regardant Brulette.

Or donc, reprit le grand bûcheux, tu trouveras ailleurs l'instruction qu'il te faut pour sonner la musette ou la vielle. Si tu veux revenir à moi, je t'y aiderai; si tu crois trouver du nouveau dans le pays d'en sus, il faut y aller. Tout ce que j'aurais souhaité, c'est de te mener tout doucement, jusqu'au temps où ton souffle saura se donner sans effort, et où tes doigts ne se tromperont plus; car pour l'idée, ça ne se donne point, et tu as la tienne, que je sais être de bonne qualité. Je ne t'ai pas épargné la provision que j'ai dans la tête, et ce que tu auras retenu, tu t'en serviras s'il te plaît; mais, comme ton vouloir est de composer, tu ne peux mieux faire que de voyager un jour ou l'autre, pour tirer la comparaison de ton fonds avec celui d'autrui. Il te faut donc monter jusqu'à l'Auvergne et au Forez, afin de voir, de l'autre côté de nos vallons, comme le monde est grand et beau, et comme le cœur s'élargit quand, du haut d'une vraie montagne, on regarde rouler des eaux vives qui couvrent la voix des hommes et font verdir des arbres qui ne déverdissent jamais. Ne descends pourtant guère dans les plaines des autres pays. Tu y retrouverais ce que tu aurais laissé dans les tiennes; car voici le moment de te donner un enseignement que tu ne dois pas oublier. Écoutele donc bien fidèlement.

Le grand bûcheux, s'étant assuré que Joseph lui donnait bonne attention, poursuivit ainsi son discours:

La musique à deux modes que les savants, comme j'ai ouï dire, appellent majeur et mineur, et que j'appelle, moi, mode clair et mode trouble; ou, si tu veux, mode de ciel bleu et mode de ciel gris; ou encore, mode de la force ou de ta joie, et mode de la tristesse ou de la songerie. Tu peux chercher jusqu'à demain, tu ne trouveras pas la fin des oppositions qu'il y a entre ces deux modes, non plus que tu n'en trouveras un troisième; car tout, sur la terre, est ombre ou lumière, repos ou action. Or, écoute bien toujours, Joseph! La plaine chante en majeur et la montagne en mineur. Si tu étais resté en ton pays, tu aurais toujours eu des idées dans le mode clair et tranquille, et, en y retournant, tu verras le parti qu'un esprit comme le tien peut tirer de ce mode; car l'un n'est ni plus ni moins que l'autre.

»Mais, comme tu te sentais musicien complet, tu étais tourmenté de ne pas entendre sonner le mineur à ton oreille. Vos ménétriers et vos chanteuses l'ont par acquit, parce que le chant est comme l'air qui souffle partout et transporte le germe des plantes d'un horizon à l'autre. Mais, de ce que la nature ne les a pas faits songeurs et passionnés, les gens de ton pays se servent mal du ton triste et le corrompent en y touchant. Voilà pourquoi il t'a semblé que vos cornemuses jouaient faux.

»Donc, si tu veux connaître le mineur, va le chercher dans les endroits tristes et sauvages, et sache qu'il faut quelquefois verser plus d'une larme avant de se bien servir d'un mode qui a été donné à l'homme pour se plaindre de ses peines, ou tout au moins pour soupirer ses amours.»

Joseph comprenait si bien le grand bûcheux, qu'il le pria de jouer le dernier air qu'il avait inventé, pour nous donner échantillon de ce mode gris et triste qu'il appelait le mineur.

Ouidà, mon garçon, dit le vieux, tu l'as donc guetté, l'air que je m'essaye d'emmancher sur des paroles depuis une huitaine? Je pensais bien l'avoir chanté pour moi seul; mais puisque tu étais aux écoutes, le voilà tel que je compte le laisser.

Et, démanchant sa musette, il en sépara le hautbois, dont il joua trèsdoux un air qui, sans être chagrinant, donnait à l'esprit souvenir ou attente de toutes sortes de choses, à l'idée de chacun qui l'écoutait.

Joseph ne se sentait pas d'aise pour la beauté de l'air, et Brulette, qui l'entendit sans bouger, parut s'éveiller d'un songe, quand il fut fini.

Et les paroles, dit Thérence, sontelles tristes aussi, mon père?

Les paroles, réponditil, sont comme l'air, un peu embrouillantes et portant réflexion. C'est l'histoire du tintoin de trois galants autour d'une fille.

Et il chanta une chanson, aujourd'hui répandue en notre pays, mais dont on a dérangé beaucoup les paroles. La voilà telle que le grand bûcheux la disait:

Trois fendeux y avait,
Au printemps, sur l'herbette;
(J'entends le rossignolet),
Trois fendeux y avait.
Parlant à la fillette.
Le plus jeune disait,
(Celui qui tient la rose);
(J'entends le rossignolet),
Le plus jeune disait:
J'aime bien, mais je n'ose.
Le plus vieux s'écriait:
(Celui qui tient la fende),
(J'entends le rossignolet),
Le plus vieux s'écriait:
Quand j'aime je commande.
Le troisième chantait,
Portant la fleur d'amande,
(J'entends le rossignolet),

Le troisième chantait:
Moi, j'aime et je demande.
Mon ami ne serez,
Vous qui portez la rose
(J'entends le rossignolet);
Mon ami ne serez,
Si vous n'osez, je n'ose.
Mon maître ne serez,
Vous qui tenez la fende,
(J'entends le rossignolet),
Mon maître ne serez,
Amour ne se commande.
Mon amant vous serez,
Vous qui portez l'amande,
(J'entends le rossignolet),
mon amant vous serez,
On donne à qui demande.

Je goûtai beaucoup plus l'air ajusté avec les paroles, que je n'avais fait la première fois, et j'en fus si content, que je le demandai encore sur la musette; mais le grand bûcheux, qui ne tirait pas vanité de ses œuvres, dit que ça n'en valait pas la peine, et nous joua d'autres airs, tantôt sur un mode, tantôt sur l'autre, et mêmement en les employant tous deux dans un même chant, enseignant à Joseph la manière de passer, à propos, du majeur dans le mineur, et pareillement du second dans le premier.

Si bien que les étoiles jetaient leur feu depuis longtemps, et que nous ne sentions pas l'envie de nous retirer; mêmement les gens de la ville et des environs s'assemblèrent au bas du ravin pour écouter, au grand contentement de leurs oreilles. Et plusieurs disaient: «C'est un sonneur du Bourbonnais, et, qui plus est, un maître sonneur. Cela se connaît à la science, et pas un de chez nous n'y pourrait jouter.»

Tout en reprenant le chemin de l'auberge, le père Bastien continua de démontrer Joseph, et celuici, qui ne s'en lassait point, resta un peu en arrière de nous à l'écouter et à le questionner. Je marchais donc devant avec Thérence, qui, toujours trèsserviable et courageuse, m'aidait à remporter les paniers. Brulette, entre les deux couples, allait seule, rêvant à je ne sais quoi, comme elle en prenait le goût depuis quelques jours, et Thérence se retournait souvent comme pour la regarder, mais, dans le vrai, pour voir si Joseph nous suivait.

Regardezle donc bien, Thérence, lui disje en un moment où elle en paraissait toute angoissée; car votre père l'a dit: Quand on se quitte pour un jour, c'est peutêtre pour toute la vie.

Oui, réponditelle; mais aussi quand on croit se quitter pour toute la vie, il peut se faire que ça ne soit que pour un jour.

Vous me rappelez, reprisje, qu'en vous voyant, une fois, vous envoler comme une songerie de ma tête, je pensais bien ne vous retrouver jamais.

Je sais ce que vous voulez dire, fitelle. Mon père m'en a rafraîchi la souvenance, hier, en me parlant de vous: car mon père vous aime beaucoup, Tiennet, et fait de vous une estime trèsgrande.

J'en suis content et honoré, Thérence; mais je ne sais guère en quoi je la mérite, car je n'ai rien de ce qui annonce un homme tant si peu différent des autres.

Mon père ne se trompe pas dans ses jugements, et ce qu'il pense de vous, je le crois; mais pourquoi, Tiennet, cela vous faitil soupirer?

Aije donc soupiré, Thérence? C'est malgré moi.

Sans doute, c'est malgré vous; mais ce n'est point une raison pour me cacher vos sentiments. Vous aimez Brulette, et vous craignez...

J'aime beaucoup Brulette, c'est vrai; mais sans soupirs d'amour, et sans regret ni souci de ce qu'elle pense à l'heure qu'il est. Je n'ai point d'amour dans le cœur, puisque ça ne me servirait de rien.

Ah! vous êtes bien heureux, Tiennet, s'écriatelle, de gouverner comme ça votre idée par la raison!

Je vaudrais mieux, Thérence, si, comme vous, je la gouvernais par le cœur. Oui, oui, je vous devine et vous connais, allez! car je vous regarde et je trouve bien le fin mot de votre conduite. Je vois, depuis huit jours, comme vous savez vous mettre à l'écart pour la guérison de Joseph, et comme vous le soignez secrètement, sans qu'il y voie paraître le bout de vos mains. Vous le voulez heureux, et vous n'avez point menti en nous disant, à Brulette et à moi, que pourvu qu'on fît du bien à ce qu'on aime, on n'avait pas besoin d'y trouver son profit. C'est bien comme ça que vous êtes, et malgré que la jalousie vous tourne quelquefois un peu le sang, vous en revenez tout de suite, et si saintement, que c'est merveille de voir la force et la bonté que vous avez! Convenez donc que si l'un de nous doit faire estime de l'autre, c'est moi de vous, et non pas vous de moi. Je suis un garçon assez raisonnable, voilà tout, et vous êtes une fille d'un grand cœur et d'une rude gouverne d'ellemême.

Merci pour le bien que vous pensez de moi, répondit Thérence; mais peutêtre que je n'y ai pas tant de mérite que vous croyez, mon brave garçon. Vous voulez me voir amoureuse de Joseph; cela n'est point! Aussi vrai que Dieu est mon juge, je n'ai jamais pensé à être sa femme, et l'attache que j'ai pour lui serait plutôt celle d'une sœur ou d'une mère.

Oh! pour cela, je ne suis pas bien sûr que vous ne vous trompiez pas sur vousmême, Thérence! votre naturel est emporté!

C'est pour ça, justement, que je ne me trompe point. J'aime vivement et quasiment follement mon père et mon frère. Si j'avais des enfants, je les défendrais comme une louve et les couverais comme une poule; mais ce qu'on appelle l'amour, ce que, par exemple, mon frère sent pour Brulette, l'envie de plaire, et un je ne sais quoi qui fait qu'on s'ennuie seul et qu'on ne peut penser sans souffrance à ce qu'on aime... je ne le sens point et ne m'en embarrasse point l'esprit. Que Joseph nous quitte pour toujours s'il doit s'en trouver bien, j'en remercie Dieu, et ne me désolerai que s'il doit s'en trouver mal.

La manière dont Thérence pensait me donnait bien à penser aussi. Je n'y comprenais plus grand'chose, tant elle me paraissait audessus de tout le monde et de moimême. Je marchai encore un bout de chemin auprès d'elle sans lui rien dire, et ne sachant guère où s'en allait mon esprit; car il me prenait pour elle des bouffées d'amitié, comme si j'allais l'embrasser d'un grand cœur et sans songer à mal. Puis, tout d'un coup, je la voyais si jeune et si belle, qu'il me venait comme de la honte et de la crainte. Quand nous fûmes arrivés à l'auberge, je lui demandai, je ne sais à propos de quelle idée qui me vint, ce qu'au juste son père lui avait dit de moi.

Il a dit, réponditelle, que vous étiez l'homme du plus grand bon sens qu'il eût jamais connu.

Autant vaut dire une bonne bête, pas vrai? reprisje en riant, un peu mortifié.

Non, pas, répliqua Thérence; voilà les propres paroles de mon père: «Celui qui voit le plus clair dans les choses de ce monde est celui qui agit avec le plus de justice...» Or donc, le grand bon sens fait la grande bonté, et je ne crois point que mon père se trompe.

En ce cas, Thérence, m'écriaije un peu secoué dans le fond du cœur, ayez un peu d'amitié pour moi.

J'en ai beaucoup, réponditelle en me serrant la main que je lui tendais; mais cela fut dit d'un air de franc camarade qui rabattait toute fumée, et je dormis làdessus sans plus d'imagination qu'il n'en fallait avoir.

Le lendemain, quand vint l'heure des adieux, Brulette pleura en embrassant le grand bûcheux, et lui fit promettre qu'il viendrait nous voir chez nous avec Thérence. Et puis, ces deux belles filles se firent si grandes caresses et assurances d'amitié, qu'elles ne se pouvaient quitter. Joseph présenta ses remercîments à son maître pour tout le bien et le profit qu'il en avait reçu, et quand ce fut au tour de Thérence, il essaya de lui rendre les mêmes grâces; mais elle le regarda d'un air de franchise qui le troubla, et, se serrant la main, ils ne dirent guère mieux que: «À revoir, portezvous bien.»

Ne me sentant pas trop honteux, je demandai à Thérence licence de l'embrasser, pensant en donner le bon exemple à Joseph; mais il n'en profita point et monta vitement sur la voiture pour couper court aux accolades. Il était comme mécontent de lui et des autres. Brulette se plaça tout au fond de la charrette, et tant qu'elle put voir nos amis du Bourbonnais, elle les suivit des yeux, tandis que Thérence, debout sur la porte, paraissait songer plutôt que se désoler.

Nous fîmes assez tristement quasi tout le reste du chemin. Joseph ne disait mot. Il eût peutêtre souhaité que Brulette s'occupât un peu de lui; mais à mesure que Joseph avait repris ses forces, Brulette avait repris sa liberté de penser à celui qui mieux lui plaisait; et, reportant bonne part de ses amitiés sur le père et la sœur d'Huriel, elle songeait à eux et en causait avec moi pour les louer et les regretter. Et, comme si elle eût laissé tous ses esprits derrière elle, elle regrettait aussi le pays que nous venions de quitter.C'est chose étrange, me disaitelle, comme je trouve, à mesure que nous approchons de chez nous, que les arbres sont petits, les herbes jaunes, les eaux endormies. Avant d'avoir jamais quitté nos plaines, je m'imaginais ne pas pouvoir me supporter trois jours dans des bois; et, à cette heure, il me semble que j'y passerais ma vie aussi bien que Thérence, si j'avais mon vieux père avec moi.

Je ne peux pas en dire autant, cousine, lui répondisje. Pourtant, s'il le fallait, je pense que je n'en mourrais point; mais que les arbres soient tant grands, les herbes tant vertes et les eaux tant vives qu'elles voudront, j'aime mieux une ortie en mon pays qu'un chêne en pays d'étrangers. Le cœur me saute de joie à chaque pierre et à chaque buisson que je reconnais, comme si j'étais absent depuis deux ou trois ans, et quand je vas apercevoir le clocher de notre paroisse, je lui veux, pour sûr, bailler un bon coup de chapeau.

Et toi, Joset? dit Brulette, qui prit enfin garde à l'air ennuyé de notre camarade. Toi qui es absent depuis plus d'une année, n'estu pas content d'approcher de ton endroit?

Excusemoi, Brulette, répondit Joseph; je ne sais pas de quoi vous parlez. J'avais dans la tête de me souvenir de la chanson du grand bûcheux, et il y a, au milieu, une petite revirade que je ne peux pas rattraper.

Bah! dit Brulette, c'est quand la chanson dit: J'entends le rossignolet.

Et, le disant, elle le chanta tout au juste, ce dont Joseph, comme réveillé, sauta de joie sur la charrette en frappant ses mains.

Ah! Brulette, ditil, que tu es donc heureuse de te souvenir comme ça! Encore, encore J'entends le rossignolet!

J'aime mieux dire toute la chanson, fitelle, et elle nous la chanta tout entière sans en omettre un mot; ce qui mit Joseph en si grande joie, qu'il lui serra les mains en lui disant avec un courage dont je ne l'aurais pas cru capable, qu'il n'y avait qu'un musicien pour être digne de son amitié.

Le fait est, dit Brulette, qui songeait à Huriel, que si j'avais un bon ami, je le souhaiterais beau sonneur et beau chanteur.

Il est rare d'être l'un et l'autre, reprit Joseph. La sonnerie casse la voix, et sauf le grand bûcheux...

Et son fils! dit Brulette, parlant à l'étourdie.

Je lui poussai le coude, et elle voulut parler d'autre chose; mais Joseph, qui n'était pas sans être mordu de jalousie, revint sur la chanson.

Je crois, ditil, que quand le père Bastien l'a mise en paroles, il a songé à trois garçons de notre connaissance; car je me souviens d'une causerie que nous avons eue avec lui à souper, le jour de votre arrivée dans les bois.

Je ne m'en souviens pas, dit Brulette en rougissant.

Si fait moi, reprit Joseph. On parlait de l'amour des filles, et Huriel disait que cela ne se gagnait point à croix ou pile. Tiennet assurait, en riant, que la douceur et la soumission ne servaient de rien, et que, pour être aimé, il fallait plutôt se faire craindre que d'être trop bon. Huriel reprit pour contredire Tiennet, et moi j'écoutai sans parler. Ne seraitce pas moi, celui qui porte la rose? le plus jeune des trois? Il aime, mais il n'ose? Dites donc le dernier couplet, Brulette, puisque vous le savez si bien! N'y atil pas: On donne à qui demande?

Puisque tu le sais aussi bien que moi, dit Brulette un peu piquée, retiensle pour le chanter à la première bonne amie que tu auras. S'il plaît au grand bûcheux de mettre en chansons les discours qu'il entend, ce n'est pas à moi d'en tirer la conséquence. Je n'y entends encore rien pour ma part. Mais j'ai les fourmis dans les pieds, et, pendant que le cheval monte la côte, je veux me dégourdir un peu.

Et, sans attendre que j'eusse repris les rênes pour arrêter le cheval, elle sauta sur le chemin et se mit à marcher en avant, aussi légère qu'une bergeronnette.

J'allais descendre aussi; Joseph me retint par le bras, et, toujours suivant son idée:N'estce pas, ditil, qu'on méprise également ceux qui marquent trop leur vouloir, et ceux qui ne le marquent pas du tout?

Si c'est pour moi que tu dis ça...

Je ne dis ça pour personne. Je reprends la causerie que nous avions làbas et qui s'est tournée en chanson contre tes paroles et contre mon silence. Il paraît que c'est Huriel qui a gagné le procès auprès de la fillette.

Quelle fillette? disje, impatienté; car Joseph n'avait point mis sa confiance en moi jusqu'à cette heure, et je ne lui savais point de gré de me la donner par dépit.

Quelle fillette? repritil d'un air de moquerie chagrine; celle de la chanson!

Eh bien, quel procès Huriel atil gagné? Cette fillettelà demeure donc bien loin, puisque le pauvre garçon est parti pour le Forez?

Joseph resta un moment à songer; puis il reprit:Il n'en est pas moins vrai qu'il avait raison, quand il disait qu'entre le commandement et le silence, il y avait la prière. Ça revient toujours un peu à ton premier dire, qui était que, pour être écouté, il ne faut point trop aimer. Celui qui aime trop est craintif; il ne se peut arracher une parole du ventre, et on le juge sot parce qu'il est transi de désir et de honte.

Sans doute, répondisje. J'ai passé par là en mainte occasion; mais il m'est quelquefois arrivé de si mal parler, que j'aurais mieux fait de me taire: j'aurais pu me flatter plus longtemps.

Le pauvre Joseph se mordit la langue et ne parla plus. J'eus regret de l'avoir fâché, et, cependant, je ne me pouvais défendre de trouver sa jalousie bien mal plantée sur le terrain d'Huriel, étant à ma connaissance que ce garçon l'avait servi de son mieux à son propre détriment, et je pris, de ce moment, la jalousie en si mauvaise estime, que, depuis, je n'en ai plus jamais senti la piqûre, et ne l'aurais sentie, je crois, qu'à bonnes enseignes.

J'allais cependant lui parler plus doucement, quand nous vîmes que Brulette, qui marchait toujours devant, s'était arrêtée au bord du chemin pour parler avec un moine qui me semblait gros et court comme celui dont nous avions fait connaissance au bois de Chambérat. Je fouaillai le cheval, et je m'assurai que c'était bien le même frère Nicolas. Il avait demandé à Brulette s'il était loin de notre bourg, et, comme il s'en fallait encore d'une petite lieue et qu'il se disait bien fatigué, elle lui avait fait offre de monter sur notre voiture pour gagner l'endroit.

Nous lui fîmes place, ainsi qu'à un grand corbillon couvert qu'il portait, et qu'il posa, avec précaution, sur ses genoux. Aucun de nous ne songea à lui demander ce que c'était, excepté moi peutêtre, qui suis d'un naturel un peu curieux; mais j'aurais craint de manquer à l'honnêteté que je lui devais, car les frères quêteurs ramassaient dans leurs courses toutes sortes de choses qu'ils se faisaient donner par la dévotion des marchands et qu'ils revendaient ensuite au profit de leur couvent. Tout leur était bon pour ce commerce, mêmement des affiquets de femme, qu'on était quelquefois bien étonné de voir dans leurs mains, et dont quelquesuns n'osaient pas trafiquer ouvertement.

Je repris le trot, et bientôt nous avisâmes le clocher, et puis les vieux ormeaux de la place, et puis toutes les maisons grandes et petites du bourg, qui ne me firent pas autant de plaisir que je m'en étais promis, la rencontre de frère Nicolas m'ayant remis en mémoire des choses tristes et qui me donnaient un restant d'inquiétude. Je vis cependant qu'il était sur ses gardes aussi bien que moi, car il ne me dit pas un mot devant Brulette et Joseph, qui pût faire croire que nous nous étions vus ailleurs qu'à la fête, et que lui ou moi en savions plus long que bien d'autres sur ce qui s'y était passé.

C'était un homme agréable et d'humeur joviale qui m'aurait pourtant diverti dans un autre moment; mais j'étais pressé d'arriver et de me trouver seul avec lui, pour lui demander s'il avait eu, de son côté, quelque nouvelle de l'aventure. À l'entrée du bourg, Joseph sauta à terre, et, quelque chose que Brulette pût lui dire pour le faire venir se reposer chez son père, il prit le chemin de SaintChartier, disant qu'il viendrait saluer le père Brulet quand il aurait vu et embrassé sa mère.

Il me sembla que le carme l'y poussait comme à son premier devoir, mais avec l'envie de le faire partir. Et puis, au lieu d'accepter l'offre que je lui fis de venir souper et coucher en mon logis, il me dit qu'il s'arrêterait seulement une heure en celui du père Brulet, à qui il avait affaire.

Vous serez le bienvenu, lui dit Brulette; mais connaissezvous donc mon grandpère? Je ne vous ai encore jamais vu chez nous?

Je ne connais ni votre endroit, ni votre famille, répondit le moine; mais je suis pourtant chargé d'une commission que je ne peux dire que chez vous.

Je revins à mon idée qu'il avait, dans son panier, des dentelles ou des rubans à vendre, et qu'ayant ouï dire, aux environs, que Brulette était la plus pimpante de l'endroit, outre qu'il l'avait vue trèsrequinquée à la fête de Chambérat, il souhaitait lui montrer sa marchandise, sans s'exposer à la critique, qui, dans ce tempslà, n'épargnait guère ni bons ni mauvais moines.

Je pensai que c'était aussi l'idée de Brulette, car, lorsqu'elle descendit la première devant sa porte, elle tendit les deux mains pour prendre la corbeille, lui disant:Ne craignez rien, je me doute de ce que c'est. Mais le carme refusa de s'en séparer, disant, de son côté, que c'était de valeur et craignait la casse.

Je vois, mon frère, lui disje tout bas, en le retenant un peu, que vous voilà bien affairé. Je ne vous veux point déranger; c'est pourquoi je vous prie de me dire vite s'il y a du nouveau pour l'affaire de làbas.

Rien que je sache, me ditil en parlant de même point de nouvelles, bonnes nouvelles. Et, me secouant la main avec amitié, il entra en la maison de Brulette, où déjà elle était pendue au cou de son grandpère.

Je pensais que ce vieux, qui d'ordinaire était fort honnête, me devait quelque bon accueil et beau remercîment pour le grand soin que j'avais eu d'elle; mais, au lieu de me retenir un moment, comme s'il eût été encore plus pressé de l'arrivée du carme que de la nôtre, il le prit par la main et le conduisit au fond de la maison, en me disant qu'il me priait de l'excuser s'il avait besoin d'être seul avec sa fille pour des affaires de conséquence.

Je ne suis pas beaucoup choquable, et cependant je me trouvai choqué d'être si mal reçu, et m'en fus chez nous remiser ma carriole et m'informer de ma famille. Et puis, la journée étant trop avancée pour se mettre au travail, je dévallai par le bourg pour voir si chaque chose était en sa place, et n'y trouvai aucun changement, sinon qu'un des arbres couchés sur le communal, devant la porte du sabotier, avait été débité en sabots, et que le père Godard avait ébranché son peuplier et mis de la tuile neuve sur son courtil.

J'avais cru que mon voyage dans le Bourbonnais aurait fait plus de bruit, et je m'attendais à tant de questions que j'aurais fort à faire d'y répondre; mais le monde de chez nous est trèsindifférent, et, pour la première fois, je m'avisai qu'il était même endormi à toutes choses, car je fus obligé d'apprendre à plusieurs que j'arrivais de loin. Ils ne savaient seulement point que je me fusse absenté.

Vers le soir, comme je retournais à mon logis, je rencontrai le carme qui s'en allait à la Châtre, et qui me dit, de la part du père Brulet, qu'il me voulait avoir à souper.

Qui fut bien étonné, en entrant chez Brulette? ce fut moi, d'y trouver le grandpère, assis d'un côté et la belle de l'autre, regardant sur la table, entre eux deux, la corbeille du moine, ouverte, et remplie d'un gros gars d'environ un an, assis sur un coussin et s'essayant à manger des guignes noires, dont il s'embarbouillait tout le museau!

Brulette me sembla d'abord trèspensive et même triste; mais quand elle vit mon étonnement, elle ne se put retenir de rire; après quoi elle s'essuya les yeux et me parut avoir versé quelques larmes, plutôt de chagrin ou de dépit, que de gaieté.

Allons, ditelle enfin, ferme la porte et nous écoute. Voilà mon père qui veut te mettre au fait du beau cadeau que le moine nous a apporté.

Vous saurez, mon neveu, dit le père Brulet, qui jamais ne riait d'aucune chose plaisante, non plus qu'il ne se troublait d'aucun souci, que voilà un enfant orphelin dont nous nous sommes arrangés avec le carme, pour prendre soin, moyennant pension. Nous ne connaissons à cet enfant ni père, ni mère, ni pays, ni rien. Il s'appelle Charlot, voilà tout ce que nous en savons. La pension est bonne, et le carme nous a donné la préférence, pour ce qu'il avait rencontré ma fille en Bourbonnais; et, comme il lui avait été dit d'où elle était, et que c'était une personne bien comme il faut, n'ayant pas grand bien, mais n'étant chargée d'aucune misère et pouvant disposer de son temps, il a pensé à lui faire plaisir et à lui rendre service en lui donnant la garde et le profit de ce marmot.

Encore que la chose fût assez étonnante, je ne m'en étonnai pas dans le premier moment, et demandai seulement si ce carme était anciennement connu du père Brulet, pour qu'il eût fiance en ses paroles, au sujet de la pension.

Je ne l'avais jamais vu, ditil; mais je sais qu'il est venu plusieurs fois dans les environs, et qu'il est connu de gens dont je suis sûr, et qui m'avaient déjà annoncé de sa part, il y a deux ou trois jours, l'affaire dont il me voulait parler. D'ailleurs, une année de la pension est payée par avance, et quand l'argent manquera, il sera temps de s'en tourmenter.

À la bonne heure, mon oncle; vous savez ce que vous avez à faire; mais je ne me serais pas attendu à voir ma cousine, qui aime tant sa liberté, s'embarrasser d'un marmot qui ne lui est de rien, et qui, sans vous offenser par conséquent, n'est pas bien gentil dans son apparence.

Voilà ce qui me fâche, dit Brulette, et ce que j'étais en train de dire à mon père quand tu es entré céans.Et elle ajouta, en frottant le bec du petit avec son mouchoir:J'ai beau l'essuyer, il n'en a pas la bouche mieux fendue, et j'aurais pourtant souhaité faire mon apprentissage avec un enfant agréable à caresser. Celuici paraît de mauvaise humeur et ne répond à aucune risée. Il ne regarde que la mangeaille.

Bah! dit le père Brulet, il n'est pas plus vilain qu'un autre enfant de son âge, et quant à devenir mignon, c'est ton affaire. Il est fatigué d'avoir voyagé et ne sait point où il en est, ni ce qu'on lui veut.

Le père Brulet étant sorti pour aller chercher son couteau, qu'il avait laissé chez la voisine, je commençai à m'étonner davantage en me trouvant seul avec Brulette. Elle paraissait contrariée par moments, et même peinée pour tout de bon.

Ce qui me tourmente, ditelle, c'est que je ne sais point soigner un enfant. Je ne voudrais pas laisser souffrir une pauvre créature qui ne se peut aider en rien; mais je m'y trouve si maladroite, que j'ai regret d'avoir été jusqu'à cette heure, peu portée à m'occuper de ce petit mondelà.

En effet, lui disje; tu ne me parais point née à ce métier, et je ne comprends pas que ton grandpère, lequel je n'ai jamais connu intéressé, te donne une pareille charge pour quelques écus de plus au bout de l'année.

Tu parles comme un riche, repritelle. Songe que je n'ai rien en dot, et que la peur de la misère est ce qui m'a toujours détournée du mariage.

Voilà une mauvaise raison, Brulette; car tu as été et tu seras encore recherchée par de plus riches que toi, qui t'aiment pour tes beaux yeux et ton joli ramage.

Mes beaux yeux passeront, et mon joli ramage ne me servira de rien quand la beauté s'en ira. Je ne veux pas qu'on me reproche, au bout de quelques années, d'avoir dépensé ma dot d'agréments et de n'en avoir pas apporté une plus solide dans le ménage.

C'est donc que tu penses pour de bon à te marier, depuis que nous sommes revenus du Bourbonnais? Voici la première fois que je t'entends faire des projets d'épargne.

Je n'y pense pas plus que je n'y pensais, réponditelle d'un ton moins assuré qu'à l'ordinaire; mais je n'ai jamais dit que je voulusse rester fille.

Si fait, si fait, tu penses à t'établir, lui disje en riant. Tu n'as pas besoin de t'en cacher avec moi, je ne te demande plus rien, et ce que tu fais en te chargeant de ce petit malheureux riche que voilà, lequel a des écus et point de mère, me marque bien que tu veux faire ton meuriot. Sans cela, ton grandpère, que tu as toujours gouverné comme s'il était ton petitfils, ne t'aurait pas forcé la main pour prendre un pareil gars en sevrage.

Brulette prit alors l'enfant pour l'ôter de dessus la table et mettre le couvert, et, en le portant sur le lit de son grandpère, elle le regarda d'un air fort triste.

Pauvre Charlot! ditelle, je ferai bien pour toi mon possible, car tu es à plaindre d'être venu au monde, et m'est avis qu'on ne t'y avait point souhaité.

Mais sa gaieté fut vite revenue, et mêmement elle eut de grandes risées à souper, en faisant manger Charlot, qui avait l'appétit d'un petit loup et répondait à toutes ses prévenances en lui voulant griffer la figure.

Sur les huit heures du soir, Joseph entra et fut bien accueilli du père Brulet; mais j'observai que Brulette, qui venait de remettre Charlot sur le lit, tira vitement la courtine comme pour le cacher, et parut tourmentée tout le temps que Joseph demeura. J'observai aussi qu'il ne lui fut pas dit un mot de cette singulière trouvaille, ni par le vieux ni par Brulette, et je pensai devoir m'en taire pareillement pour leur complaire.

Joseph était chagrin et répondait le moins possible aux questions de mon oncle. Brulette lui demanda s'il avait trouvé sa mère en bonne santé, et si elle avait été bien surprise et bien contente de le voir. Et, comme il disait oui tout court à chaque chose, elle lui demanda encore s'il ne s'était pas trop fatigué en allant à SaintChartier, de son pied, et en revenant le soir même.

Je ne voulais point passer la journée, ditil, sans rendre mes devoirs à votre grandpère, et, à présent, je me sens fatigué pour de vrai et m'en irai passer la nuit chez Tiennet, si je ne le dérange point.

Je lui répondis qu'il me ferait plaisir, et l'emmenai à la maison, où, quand nous fûmes couchés, il me dit:

Tiennet, me voilà autant sur mon départ comme sur mon arrivée. Je ne suis venu au pays que pour quitter le bois de l'Alleu, qui m'était tourné en déplaisance.

Et c'est le tort que tu as, Joseph; tu étais là chez des amis qui remplaçaient ceux que tu avais quittés...

 Enfin, c'est mon idée, ditil un peu sèchement; mais, prenant un ton plus doux, il ajouta:Tiennet! Tiennet! il y a des choses qu'on peut dire, et il y en a aussi qu'on doit taire. Tu m'as fait du mal aujourd'hui, en me donnant à entendre que je ne serais peutêtre jamais agréé de Brulette.

Joseph, je ne t'ai rien dit de pareil, par la raison que je ne sais point si tu songes à ce que tu dis là.

Tu le sais, repritil, et mon tort est de n'en avoir jamais ouvert mon cœur avec toi. Mais que veuxtu? je ne suis point de ceux qui se confessent aisément, et les choses qui me tracassent le plus sont celles dont je m'explique le moins volontiers. C'est mon malheur, et je crois que je n'ai point d'autre maladie qu'une idée toujours tendue aux mêmes fins, et toujours rentrée au moment qu'elle me vient sur les lèvres. Écoutemoi donc, pendant que je peux causer, car Dieu sait pour combien de temps je vas redevenir muet. J'aime, et je vois que je ne suis point aimé. Il y a si longues années qu'il en est ainsi (car j'aimais déjà Brulette alors qu'elle était une enfant), que je suis accoutumé à ma peine. Je ne me suis jamais flatté de lui plaire, et j'ai vécu avec la croyance qu'elle ne ferait jamais attention à moi. À présent, j'ai vu par sa venue en Bourbonnais que j'étais quelque chose pour elle, et c'est ce qui m'a rendu la force et la volonté de ne point mourir. Mais je sais trèsbien qu'elle a vu làbas quelqu'un qui lui conviendrait mieux que moi.

Je n'en sais rien, répondisje; mais si cela était, ce quelqu'unlà ne t'aurait pas donné sujet de plainte ou de reproche.

C'est vrai, reprit Joseph, mon dépit est injuste; d'autant plus qu'Huriel, connaissant Brulette pour une honnête fille, et n'étant pas en position de se marier avec elle, tant qu'il sera de la confrérie des muletiers, a, de luimême, fait ce qu'il devait faire en s'éloignant d'elle pour longtemps. Je peux donc avoir espérance de me revenir présenter à Brulette, un peu plus méritant que je ne le suis. À cette heure, je ne me puis souffrir ici, car je sens que je n'y apporte rien de plus que par le passé. Il a quelque chose dans l'air et dans les paroles de chacun qui me dit:

«Tu es malade, tu es maigre, tu es laid, tu es faible, et tu ne sais rien de bon ni de neuf pour nous intéresser à toi!» Oui, Tiennet, ce que je te dis est certain: ma mère a eu comme peur de ma figure en me voyant paraître, et elle a versé tant de larmes en m'embrassant, que la peine y était pour plus que la joie. Ce soir encore, Brulette a eu l'air embarrassé en me voyant chez elle, et son grandpère, tout brave homme et bon ami qu'il est pour moi, a paru inquiet si j'allongerais ou non sa veillée. Ne dis pas que je me suis imaginé tout cela. Comme tous ceux qui parlent peu, je vois beaucoup. Mon temps n'est donc pas venu: il faut que je parte, et le plus tôt sera le mieux.

Je crois, lui disje, qu'il faudrait au moins prendre quelques journées pour te reposer; car m'est avis que tu veux t'éloigner beaucoup d'ici, et je ne trouve pas de bonne amitié, que tu nous mettes sur ton compte dans des inquiétudes que tu nous pourrais épargner.

Sois tranquille, Tiennet, réponditil. J'ai la force qu'il faut, et ne serai plus malade. Je sais une chose, à présent, c'est que les corps chétifs, à qui Dieu n'a pas donné grands ressorts, sont pourvus d'un vouloir qui les mène mieux que la grosse santé des autres. Je n'ai rien inventé quand je vous ai dit làbas que j'avais été comme renouvelé en voyant Huriel se battre si hardiment; et que, tout éveillé, dans la nuit, j'avais ouï sa voix me dire: «Sus! sus! je suis un homme, et tant que tu n'en seras pas un, tu ne compteras pour rien.» Je me veux donc départir de ma pauvre nature, et revenir ici aussi bon à voir et meilleur à entendre que tous les galants de Brulette.

Mais, lui disje encore, si elle fait son choix avant ton retour? La voilà qui prend dixneuf ans, et pour une fille courtisée comme elle l'est, il est temps qu'elle se décide.

Elle ne se décidera que pour Huriel ou pour moi, répondit Joseph d'une voix assurée. Il n'y a que lui ou moi qui soyons faits pour lui donner de l'amour. Excusemoi, Tiennet, je sais, ou, tout au moins, je crois que tu y as songé...

Oui, répondisje, mais je n'y songe plus.

Et bien tu fais, dit Joseph, car tu n'aurais point été heureux avec elle. Elle a des goûts et des idées qui ne sont pas du terrain où elle a fleuri, et il faut qu'un autre vent la secoue. Celui qui souffle ici n'est pas assez subtil et ne pourrait que la dessécher. Elle le sent bien, malgré qu'elle ne le sache point dire, et je te réponds que si Huriel ne me trahit point, je la retrouverai libre dans un an et même dans deux.

Làdessus, Joseph, comme épuisé de s'être abandonné si longtemps, laissa retomber sa tête sur l'oreiller et s'endormit. Il y avait bien une heure que je me débattais pour ne pas lui en donner exemple, car j'étais las tout mon soûl; mais quand, à la levée du jour, j'appelai Joseph, rien ne me répondit. Je le cherchai; il était parti sans réveiller personne.

Brulette alla, dans le jour, voir la Mariton, disant que c'était pour lui apprendre doucement la chose et savoir ce qui s'était passé entre elle et son fils. Elle ne voulut point de ma compagnie pour cette visite, et me dit, au retour, qu'elle n'avait pu beaucoup la faire expliquer, parce que son maître Benoît était malade et même en danger pour un coup de sang. J'augurai que cette femme, obligée de soigner son bourgeois, n'avait pas pu, la veille, s'occuper de son garçon autant qu'elle l'aurait souhaité, et que Joseph en avait pris de la jalousie, comme son naturel annonçait de s'y porter en toutes choses.

Cela est vrai, me dit Brulette; à mesure que Joset s'est déniaisé par l'ambition, il est devenu exigeant, et je crois que je l'aimais mieux simple et soumis comme il était d'abord.

Et comme je racontai à Brulette tout ce qu'il m'avait dit la veille, avant de s'endormir:S'il a un si beau vouloir, ditelle, nous ne ferions que le contrarier en nous tourmentant de lui plus qu'il ne souhaite. Qu'il s'en aille donc à la garde de Dieu! Si j'étais une coquette mauvaise comme tu me l'as quelquefois reproché dans le temps, je serais fière d'être la cause que ce garçon en cherche si long pour élever son esprit et son sort; mais cela n'est point, et je regrette plutôt qu'il n'agisse pas seulement en vue de sa mère et de luimême.

Mais n'atil pas raison pourtant, quand il dit que tu ne pourras choisir qu'entre Huriel et lui?

J'ai du temps pour penser à cela, ditelle en riant des lèvres sans que sa figure en fût égayée, puisque voilà les deux seuls galants que Joseph me permette, s'enfuyant de moi de toutes leurs jambes.

Pendant une semaine, l'arrivée de l'enfant que le moine avait apporté chez Brulette fit la nouvelle du bourg et le tourment des curieux. Il en fut bâti tant d'histoires que, pour un peu, Charlot aurait été le fils d'un prince, et chacun voulait emprunter de l'argent ou vendre des biens au père Brulet, estimant que la pension qui avait pu décider sa fille à un métier si contraire à ses goûts devait être le revenu d'une province, à tout le moins. On s'étonna vite de voir que le vieux et la fillette ne changeaient rien à leur pauvre vie, ne quittaient point leur petit logis et n'y ajoutaient qu'un berceau pour coucher l'enfant, et une écuelle pour lui faire sa soupe. Il en fallut donc rabattre; mais des commères, qui n'en voulaient point avoir sitôt le démenti, commencèrent à critiquer mon oncle sur son avarice, et même à le blâmer, prétendant qu'on ne faisait pas, pour le soin de cet enfant, tout ce qui était dû en rapport d'un si gros profit.

La jalousie des uns et le mécontentement des autres lui firent donc des ennemis qu'il n'avait jamais eus, dont bien il s'étonna; car il était homme simple et d'une si bonne religion, qu'il n'avait pas seulement prévu qu'une telle chose ferait tant parler. Mais Brulette n'en fit que rire, et lui persuada de n'y point donner attention.

Cependant les jours et les semaines se suivirent, sans qu'il nous vînt aucune nouvelle de Joseph, d'Huriel, du grand bûcheux ni de Thérence. Brulette envoya des lettres à Thérence, moi à Huriel, et il ne nous fut fait aucune réponse. Brulette s'en affligea et en prit même du dépit; si bien qu'elle me dit vouloir ne plus songer à des étrangers, qui n'avaient pas seulement mémoire d'elle et ne lui retournaient pas l'amitié qu'elle leur avait avancée.

Elle recommença donc à se faire belle et à se montrer aux danses, car les galants se tourmentaient de son air triste et du mal de tête dont elle se plaignait souvent depuis son voyage en Bourbonnais. Ce voyage même avait bien été un peu critiqué, et on avait dit qu'elle avait par là une amour cachée, soit pour Joseph, soit pour un autre. On souhaitait qu'elle se montrât encore plus aimable que de coutume, pour lui pardonner de s'être absentée sans consulter personne.

Brulette était trop fière pour s'en tirer par des câlineries; mais le goût qu'elle avait pour le plaisir l'emportant de ce côtélà, elle essaya de confier la garde de Charlot à sa voisine, la mère Lamouche, et de se donner, comme par le passé, de l'étourdissement.

Or, un soir que je revenais avec elle du pélerinage de Vaudevant, qui est une grande fête, nous ouïmes Charlot brailler, du plus loin que nous pouvions accourir vers la maison.Ce maudit gars, me dit Brulette, ne décote pas d'être en malice, et je ne sais qui serait capable de le gouverner.

Estu sûre, lui disje, que la Lamouche en prend le soin qu'elle t'a promis?

Sans doute, sans doute. Elle n'a que ça à faire, et je l'en récompense de manière à la contenter.

Mais Charlot braillait toujours, et la maison nous paraissait fermée comme si tout le monde en fût sorti.

Brulette se mit de courir et eut beau cogner à la porte de la voisine, personne ne répondit, sinon Charlot qui criait encore plus fort, soit de peur, soit d'ennui ou de rage.

Je fus obligé de monter sur le chaume de la maison et de descendre en la chambre par la trappe du fenil. J'ouvris vitement la porte à Brulette, et nous vîmes Charlot tout seul, se roulant dans les cendres, où, par bonheur, il ne se trouvait plus de feu, et violet comme une bette à force de hurler.

Ouidà! dit Brulette, estce ainsi qu'on garde ce pauvre petit malheureux? Allons! qui prend enfant prend maître. J'aurais dû le savoir, et ne me point charger de celuici ou renoncer à tout divertissement.

Elle emporta Charlot en son logis, moitié apitoyée, moitié impatientée, et, l'ayant lavé, repu et reconsolé de son mieux, elle le mit dormir et s'assit bien soucieuse, la tête dans ses mains. J'essayai de lui remontrer qu'il n'était pas malaisé, en faisant le sacrifice de l'argent qu'elle empochait, de confier ce petit à quelque femme bien douce et bien soigneuse.

Non, fitelle. Il faudra toujours le surveiller, puisque j'ai répondu de lui, et tu vois ce que c'est que la surveillance. Pour un jour qu'on croit pouvoir y manquer, c'est justement ce jourlà qu'il aurait fallu n'y manquer point. D'ailleurs, cela ne se peut, ajoutatelle en pleurant. Ce serait mal, et je me le reprocherais toute ma vie.

Tu aurais tort, si l'enfant doit y gagner. Il n'est point heureux chez toi; il pourrait l'être ailleurs.

Comment! il n'est point heureux? J'espère que si, sauf les jours où je m'absente. Eh bien, je ne m'absenterai plus.

Je te dis qu'il n'est guère mieux les autres jours.

Comment! comment! dit encore Brulette, frappant ses mains avec dépit, où prendstu cela? M'astu jamais vue le maltraiter ou seulement le menacer? Puisje l'empêcher d'être d'un naturel mal plaisant et rechigneux? Il serait à moi que je n'en saurais faire davantage.

Oh! je sais que tu ne lui fais aucun mal et ne le laisses souffrir de rien, parce que tu es douce chrétienne; mais enfin, tu ne saurais l'aimer, cela ne dépend pas de toi, et, sans le savoir, il le sent si bien qu'il n'est porté à aimer et à caresser personne. Les animaux ont bien la connaissance du bon vouloir ou de la répugnance qu'ils nous occasionnent? Pourquoi les petits humains ne l'auraientils pas?

Dixneuvième veillée.

Brulette rougit, bouda, pleura encore et ne répondit point; mais le lendemain, je la trouvai menant ses bêtes aux champs et ayant avec elle, contre son habitude, le gros Charlot sur ses bras. Elle s'assit au lieu du pâturage, et l'enfant se roulant sur sa robe, elle me dit:

Tiennet, tu avais raison hier. Tes reproches m'ont donné à penser, et mon parti en est pris. Je ne promets pas d'aimer beaucoup ce Charlot, mais au moins d'agir tout comme, et peutêtre que Dieu m'en récompensera un jour en me donnant des enfants plus mignons que celuilà.

Eh! ma mie, lui répondisje, je ne sais où tu prends ce que tu dis et ce que tu penses. Je ne t'ai fait aucun reproche, et je n'en ai à te faire que sur l'entêtement où te voilà d'élever toimême ce vilain gars. Voyons, veuxtu que je fasse écrire à ce carme, ou que je l'aille trouver, pour qu'il lui cherche une autre famille? Je sais où est son couvent, et j'aime mieux encore faire un voyage que de te voir condamnée à de pareilles galères.

Non, non, Tiennet, dit Brulette, il ne faut pas seulement penser à changer ce qui est convenu. Mon père a promis pour moi, et j'ai dû l'approuver. Si je pouvais le dire... mais je ne le peux pas. Sache seulement une chose, c'est que l'argent n'est pour rien dans le marché, et que, ni mon père ni moi, ne voudrions accepter un denier en payement du devoir qui nous est commandé.

Voilà que tu m'étonnes de plus en plus. À qui donc cet enfant? c'est donc à des personnes de votre parenté? de la mienne, par conséquent?

Ça se peut, ditelle. Nous avons de la famille au loin d'ici. Mais prends que je ne te dis rien, car je ne le peux ni ne le dois. Seulement laisse croire que ce marmot nous est étranger et que nous en sommes payés. Autrement les mauvaises langues accuseraient peutêtre des personnes qui ne le méritent point.

Diantre! lui disje, tu me mets le marteau dans la tête! J'ai beau chercher...

Justement, il ne faut pas chercher. Je te le défends; quand même, je suis sûre que tu ne trouverais rien.

À la bonne heure; mais alors, tu vas donc te mettre en sevrage de divertissements comme ce gars est en sevrage de nourrice? Le diable soit de la parole de ton grandpère!

Mon grandpère a bien agi, et si je l'avais contredit, j'aurais été une sans cœur. Aussi, je te répète que je ne veux point m'y mettre à moitié, quand j'y devrais périr d'ennui...

Brulette avait une tête. De ce jourlà, il se fit en elle un changement tel, qu'on ne la reconnaissait point. Elle ne quittait plus la maison que pour faire pâturer ses ouailles et sa chèvre, toujours en compagnie de Charlot; et, quand elle l'avait couché le soir, elle prenait son ouvrage et veillait au dedans. Elle n'alla plus à aucune danse et n'acheta plus de belles nippes, n'ayant plus occasion de s'en attifer.

À ce dur métierlà, elle devint sérieuse et même triste, car elle se vit bientôt délaissée. Il n'est si jolie fille qui, pour avoir de l'entourage, ne soit forcée d'être aimable, et Brulette, ne montrant plus aucun souci de plaire, fut jugée maussade pour avoir trop donné de son esprit par le passé.

À mon sens, elle n'avait changé qu'en mieux, car n'ayant jamais fait la coquette, mais seulement la princesse avec moi, elle me paraissait plus douce en son parler, plus sensée et plus intéressante en sa conduite; mais il n'en fut pas jugé ainsi. Elle avait laissé prendre assez d'espérance à tous ses galants pour que chacun se trouvât offensé de son abandon, comme s'il eût eu des droits; et, encore que sa coquetterie eût été trèsinnocente, elle en fut punie comme d'un dommage qu'elle aurait fait supporter aux autres; ce qui prouve, à mon idée, que les hommes ont autant, sinon plus de vanité que les femmes, et ne trouvent pas qu'on en fasse jamais assez pour contenter ou ménager l'estime qu'ils ont d'euxmêmes.

Ce qu'il y a de sûr, à tout le moins, c'est qu'il y a bien du monde injuste, mêmement parmi ces jeunes gens qui paraissent si bons enfants et serviteurs si réjouis, tant qu'ils sont amoureux. Plusieurs de ceuxlà tournèrent à l'aigre, et j'eus, plus d'une fois, des mots avec eux pour défendre ma cousine du blâme qu'on lui donnait. Ils se trouvèrent malheureusement soutenus par les commères et les intéressés qui jalousaient la prétendue fortune du père Brulet; si bien que Brulette, informée de ces malices, fut obligée de défendre sa porte à des curieux mal intentionnés, ou à de lâches amis qui, par faiblesse, répétaient ce qu'ils avaient ouï dire aux autres.

Ce fut de cette manière qu'en moins d'une année, la reine du bourg, la rose de Nohant, fut abîmée des méchants et abandonnée des sots. On fit d'elle des diffamations si noires, que je tremblais qu'elle n'en eût connaissance, et que, moimême, j'en étais par des fois tourmenté, et embarrassé d'y répondre.

La plus forte des menteries, mais à laquelle le père Brulet aurait bien dû s'attendre, c'est que Charlot n'était ni un pauvre champi abandonné, ni un fils de prince élevé en secret, mais bien l'enfant de Brulette. J'avais beau remontrer que cette jeunesse ayant toujours vécu ouvertement sous les yeux du monde, et n'ayant jamais favorisé personne en particulier, ne pouvait pas avoir commis une faute si difficile à cacher. On me répondait par l'exemple d'une telle et d'une telle, qui avaient bien gaillardement dissimulé leur état jusqu'au dernier jour, et avaient reparu, quasi le lendemain, aussi tranquilles et réveillées que si de rien n'était, et même avaient réussi à cacher les conséquences, jusque après s'être mariées avec les auteurs ou les dupes de leur faute. Cela était malheureusement arrivé plus d'une fois chez nous. Dans nos petits bourgs de campagne, où les maisons sont toutes parsemées emmi les jardins, et séparées les unes des autres par des chènevières, des luzernières, voire des champs assez étendus, il n'est pas aisé de voir et d'entendre à toute heure de nuit les uns chez les autres, et, de tout temps, il s'est passé bien des choses dont le bon Dieu seul a fait le jugement.

Une des plus enragées langues était celle de la mère Lamouche, depuis que Brulette l'avait surprise dans son tort et lui avait retiré la garde de l'enfant. Elle avait été si longtemps la servante volontaire et le chien couchant de Brulette, qu'elle ne s'arrangeait plus de ne rien gagner avec elle, et, pour s'en revancher, elle inventait tout ce qu'on souhaitait lui faire dire. Elle racontait donc, à qui voulait l'entendre, que Brulette s'était oubliée dans son honneur avec ce chétif gars Joset, et qu'elle en avait eu tant de honte qu'elle lui avait commandé de partir. Joset s'y était soumis moyennant la promesse qu'elle ne se marierait avec aucun autre, et il avait été chercher fortune au loin, à seules fins de l'épouser. L'enfant avait été, disait encore Lamouche, emporté dans le Bourbonnais par des messagers tout barbouillés de noir qu'on disait muletiers, et avec lesquels Joseph s'était ménagé des accointances dans le temps, sous couleur d'acheter une cornemuse; mais il n'y avait jamais eu d'autre cornemuse en jeu que ce braillard de Charlot. Enfin, un an environ après sa délivrance, Brulette avait été voir son amant et son petit, en ma compagnie et en celle d'un muletier aussi laid que le diable. C'est là que nous avions fait la connaissance du frère quêteur, lequel s'était prêté à rapporter le petit avec nous, en conséquence de quoi nous avions, de concert, fabriqué l'histoire d'un champi de riche, ce qui était d'autant plus faux que ce champilà n'avait pas fait entrer un sou de plus au logis de mon oncle.

Lorsque la Lamouche eût inventé cette explication, où, comme vous voyez, le mensonge se trouvait emmêlé avec la vérité, son dire prévalut sur tous les autres, et la visite, si courte et quasiment cachée, que Joseph était venu faire avec nous au pays acheva de persuader le monde.

Alors on en fit de grandes risées, et Brulette fut qualifiée de Josette, en manière de sobriquet.

Malgré mon dépit contre toutes ces méchancetés, Brulette prenait si peu de soin de s'en défendre et marquait, par ses soins pour l'enfant, tant de mépris du qu'en diraton, que je commençais à m'y embrouiller moimême. Qu'estce qu'il y avait d'absolument impossible, après tout, à ce que j'eusse été pris pour dupe? Dans un temps, l'amitié de Brulette pour Joseph m'avait donné de la jalousie. Quelque sage et retenue que soit une fille, quelque honteux que soit un garçon, l'amour et l'ignorance en ont surpris bien d'autres, et il y a des couples si jeunes qu'ils ne connaissent le mal qu'après y être tombés. Pour avoir été sotte une fois, Brulette aurait pu n'en être pas moins, par la suite, une fille de tête, capable de bien cacher son malheur, trop fière pour s'en confesser, et assez juste, nonobstant, pour ne vouloir tromper personne. Étaitce par son commandement que Joseph voulait se rendre digne d'être un beau mari et un bon père de famille? C'était d'un vouloir sage et patient. M'étaisje trompé en supposant qu'elle avait du goût pour Huriel? J'en étais bien capable, et quand même ce goût lui serait venu malgré elle, comme elle n'y avait guère cédé, elle n'avait pas grand tort envers Joseph. Enfin, étaitce par devoir de conscience ou par durée d'amitié qu'elle avait marché au secours de ce pauvre malade? C'était son droit dans les deux cas. Finalement, si elle était mère, elle était bonne mère, encore que son naturel n'y fût peutêtre pas porté. Toutes les femmes peuvent avoir des enfants, toutes les femmes ne sont pas curieuses d'enfants pour cela, et Brulette n'en avait que plus de mérite à revenir au sien, en dépit de son goût pour la compagnie et des doutes qu'elle laissait prendre sur la vérité.

Tout bien considéré, je ne voyais, en tout ce que je pouvais supposer de pire, rien qui me fît rabattre de mon amitié pour ma cousine. Seulement, je l'avais vue si diversieuse làdessus dans ses paroles, que je me trouvais gêné dans ma confiance. Elle savait trop bien user de ruse, s'il était vrai qu'elle aimât Joseph; et si elle ne l'aimait point, elle avait donné trop d'aise et d'oubli à ses esprits pour une personne résolue à faire son devoir.

Si elle n'avait pas été si maltraitée, je me serais ralenti de la fréquenter, tant ces doutes m'avaient ôté de mon assurance avec elle; mais je me commandai, tout au contraire, de l'aller voir journellement et de ne pas lui marquer la moindre méfiance de ses paroles. Cependant j'étais toujours étonné de la peine qu'elle avait à se ranger à son devoir de mère. Malgré le poids de chagrin que je lui sentais sur le cœur, il lui venait, à tout moment, des retours de cette belle jeunesse toujours fleurissante en toute sa personne. Si elle n'étalait plus ni soie ni dentelle, elle n'en avait pas moins toujours ses cheveux lisses, son bas blanc bien tiré, et ses pieds mignons grillaient de sauter quand elle voyait une belle place verte ou entendait un son de musette. Quelquefois, dans la maison, quand une bourrée bourbonnaise lui revenait en mémoire, elle mettait Charlot sur les genoux du grandpère, et me faisait danser avec elle, en chantant, riant et se carrant comme si toute la paroissée eût été encore là pour la regarder; mais, au bout d'un moment, Charlot criait et voulait aller au lit, ou être porté, ou manger sans faim et boire sans soif. Elle le reprenait avec des larmes dans les yeux, comme un chien à qui on remet son collier, et, en soupirant, le berçait ou lui chantait une routine, ou le faisait se pourlicher de quelque galette.

Voyant comme elle regrettait son beau temps, je tâchai de lui offrir ma sœur pour garder son petit, tandis qu'elle irait aux danses de SaintChartier. Il faut vous dire qu'en ce tempslà, il y avait, au vieux château dont vous ne voyez plus que la carcasse, une demoiselle vieille, qui était de belle humeur et donnait bal à tout le pays environnant. Bourgeois ou nobles, paysans ou artisans, y allait qui voulait; les salles du château étant si grandes qu'elles ne pouvaient jamais être trop remplies. Et l'on y voyait aller messieurs et dames montés sur leurs chevaux ou bourriques en plein hiver, par des chemins abominables, en bas de soie, boucles d'argent et tignasses poudrées à blanc comme l'étaient souvent de neige les arbres du chemin. On s'y amusait tant, que rien n'arrêtait la compagnie riche et pauvre, qui s'y voyait bien régalée de midi à six heures du soir.

La demoiselle dame de SaintChartier, qui avait remarqué Brulette dans les danses sur la place, l'année d'auparavant, et qui était curieuse d'amener de jolies filles à ses bals de jour, la fit demander, et, par mon conseil, elle s'y rendit une fois. Je crus bien faire, car je m'imaginais qu'elle se laissait, trop rabaisser, en ne voulant pas tenir tête aux méchants esprits. Elle avait toujours si bon air et un langage si à propos, qu'il ne me paraissait point possible qu'on n'en revînt pas sur son compte, en la voyant si belle et si bien tenue.

Son entrée à mon bras fit d'abord chuchoter, sans qu'on osât davantage. Je la fis danser le premier, et, comme elle avait une grâce dont personne ne se pouvait défendre, d'autres vinrent l'inviter, qui peutêtre furent tentés de lui dire quelque joyeuseté, mais n'osèrent point s'y risquer. Tout allait en douceur, quand des bourgeois arrivèrent dans la salle où nous étions; car les paysans avaient leur bal à part, et ne se confondaient avec les riches que sur la fin, quand les dames, ennuyées d'être quittées de leurs danseurs, se décidaient à se mélanger avec les filles de campagne, lesquelles attiraient mieux gens de toutes sortes par leur franc ramage et leur fraîche santé.

Brulette fut d'abord guignée comme la plus fine pièce de l'étalage, et les bas de soie lui firent tant de fête que les bas de laine n'en pouvaient plus guère approcher; et, par esprit de contradiction, après l'avoir bien déchirée pendant six mois, redevinrent tous jaloux en une heure, c'estàdire plus amoureux qu'auparavant; si bien que ce fut comme une rage à qui l'inviterait, et on se serait quasi battu pour lui donner le baiser de l'entrée en danse.

Les dames et demoiselles en bisquèrent, et les femmes de chez nous firent reproche à leurs paroissiens de ne savoir pas mieux garder leur rancune; mais ce fut comme si elles chantaient complies, tant le regard d'une belle a plus de baume que la langue d'une laide n'a de venin.

Eh bien, Brulette, lui disje en la ramenant chez nous, n'avaisje pas raison de te secouer un peu de tes ennuis? Tu vois que la partie n'est jamais perdue, quand on sait la jouer franchement.

Je t'en remercie, cousin, me ditelle. Tu es le meilleur de mes amis, et mêmement, je pense, le seul fidèle et sûr que j'aie jamais eu. Je suis contente d'avoir eu raison de mes ennemis, et, à présent, ne m'ennuierai plus à la maison.

Diantre! tu vas vite! Hier, c'était tout bouderie; aujourd'hui, c'est tout liesse! Tu vas donc reprendre ton rang de reine du bourg?

Non, ditelle; tu ne m'entends pas. Voici la dernière fête où j'irai, tant que j'aurai Charlot; car, si tu veux que je te le dise, je ne me suis pas diverti une miette. J'ai fait bon visage pour te contenter, et je suis aise, à présent, d'avoir soutenu l'épreuve; mais, tout le temps que j'ai été là, je n'ai pensé qu'à mon pauvre gars. Je le voyais toujours pleurant et rechignant, quelque amitié qu'on pût lui faire chez toi, et il est si maladroit à se faire comprendre, qu'il se sera ennuyé en ennuyant les autres.

Ces paroles de Brulette me retournèrent le sang. J'avais oublié Charlot en la voyant rire et danser. L'amour dont elle ne se cachait plus pour lui me remit en tête tout ce qui me semblait ses mensonges passés; et je crus aussi pouvoir la regarder comme une affineuse sans pareille, qui se lassait de se contraindre.

Tu l'aimes donc de tes entrailles? lui disje, sans trop songer aux paroles que j'employais.

Avec mes entrailles? ditelle étonnée. Eh bien, peutêtre qu'on aime comme cela tous les enfants, quand on réfléchit à ce qu'on leur doit. Je n'ai jamais fait semblant, comme bien des jeunesses que j'ai vues griller pour le mariage, d'avoir l'instinct d'une bonne poule couveuse. J'avais peutêtre la tête un peu trop éventée pour mériter d'entrer en famille de bonne heure. Il y en a qui ne peuvent gagner leurs seize ans sans en perdre le dormir. Moi, je gagnerai la vingtaine sans trouver que je suis en retard. Si c'est un tort, il n'y a pas de ma faute. Je suis comme Dieu m'a faite et j'ai marché comme il m'a poussée. À dire vrai, un petit enfant est un rude maître, injuste comme un mari qui serait fol, obstiné comme une bête affamée. J'aime le raisonnement et la justice, et me serais plue en une compagnie douce et sage. J'aime aussi la propreté, et tu m'as souvent raillé de ce qu'un grain de poussière sur le dressoir me tourmentait, et de ce qu'une mouche dans mon verre m'ôtait la soif. Un petit enfant va toujours cherchant la malpropreté, quoi qu'on fasse pour l'en dégoûter. Et puis, j'aime à penser, à songer, à me ressouvenir; et le petit enfant veut qu'on ne songe qu'à lui, et s'ennuie dès que vous ne le regardez plus. Mais tout cela ne fait rien, Tiennet, quand le bon Dieu s'en mêle. Il a inventé une espèce de miracle qui se fait dans nos entendements quand il le faut, et, à présent, je sais une chose à laquelle je ne croyais pas, devant qu'elle m'advînt: c'est que n'importe quel enfant, fûtil laid et méchant, peut bien être mordu par une louve ou piétiné par une chèvre, mais jamais par une femme, et qu'il viendra à la gouverner, à moins qu'elle ne soit faite d'un autre bois que les autres.

Comme elle disait cela, nous entrions chez moi, où Charlot jouait avec les enfants de ma sœur.Oh! ma foi, vous faites bien d'arriver, dit ma sœur à Brulette; vous avez là le gars le plus farouche qu'il y ait sur terre. Il bat les miens, les mord, les enjure, et il faut avec lui quarante charretées de patience, et de compassion.

Brulette s'approcha, en riant, de Charlot qui jamais ne lui faisait aucune fête, et, le regardant jouer à sa manière; lui dit, comme s'il eût pu l'entendre: J'en étais bien sûre, que tu ne te ferais point aimer chez ces braves gens qui te supportent. Il n'y a donc que moi, mon pauvre chathuant, qui sois accoutumée à ton bec et à tes griffes!

Quoique Charlot n'eût guère en ce tempslà que dixhuit mois, il eût l'air de comprendre ce que lui disait Brulette; car il se leva, après l'avoir regardée un moment d'un air pensif, puis, sautant après elle, se mit à lui manger les mains de baisers, comme s'il eût voulu la dévorer.

Oh! oh! dit ma sœur, il a tout de même ses bons moments, à ce qu'il paraît!

Ma fine, dit Brulette, j'en suis aussi confondue que vous, car voilà le premier que je lui vois. Et, embrassant Charlot sur ses gros yeux ronds, elle se prit à pleurer de joie et de tendresse.

Je ne sais pourquoi je fus secoué de ce mouvementlà comme si c'était chose merveilleuse. Et, au fait, si ce gars n'était point à elle, Brulette, en ce momentlà, changeait bien devant mes yeux. Cette fille si accrêtée, qu'elle n'eût point voulu traiter le roi de cousin, six mois auparavant, et que, le matin même, toute la jeunesse de l'endroit, bourgeois et paysans, aurait encore servie à genoux, avait mis tant de pitié et de chrétienté dans son cœur qu'elle se trouvait récompensée de toutes ses peines par les premières caresses d'un malplaisant petit bavoux, sans gentillesse et quasi sans connaissance.

J'en eus une larme dans l'œil, en songeant à ce que lui coûtaient ces caresseslà, et, prenant Charlot sur mon épaule, je le reportai avec elle à son logis.

J'eus vingt fois sur le bout de la langue de lui demander la vérité; car, si elle était fautive de Charlot, j'étais tout prêt à lui en remettre le péché, et si, au contraire, elle prenait le fardeau du péché d'une autre, j'avais envie de lui baiser le bout des pieds, comme à la plus douce et patiente gagneuse de paradis.

Mais je n'osais lui faire de questions, et quand je disais mes doutes à ma sœur, laquelle n'a jamais été sotte, elle ne répondait:Si tu n'oses point lui en parler, c'est que tu la sens innocente au fond de ton esprit. Et d'ailleurs, disaitelle encore, une si belle fille aurait fabriqué un plus beau garçon. Il ne lui ressemble non plus qu'une pomme de terre à une rose.

L'hiver passa et le printemps vint, sans que Brulette voulût retourner à aucun divertissement. Elle n'y sentait même plus de regret, ayant compris qu'il ne tiendrait qu'à elle de se rendre encore maîtresse des cœurs, mais disant que tant d'amitiés d'hommes et de femmes l'avaient trahie, qu'elle n'en estimait plus le nombre et se tiendrait dorénavant à la qualité. La pauvre enfant ne savait pas encore tout le mal qu'on lui avait fait. Tous l'avaient décriée; aucun n'avait eu le courage de l'insulter. Quand on la regardait, on trouvait l'honnêteté écrite sur sa figure; quand elle avait le dos tourné, on se vengeait, par des paroles, de l'estime dont on n'avait pu se défendre, et on lui jappait de loin aux jambes, comme font les chiens couards qui n'osent sauter à la figure.

Le père Brulet se faisait vieux, devenait un peu sourd, et pensait plus souvent en luimême, comme font les personnes d'âge, qu'il ne s'attentionnait aux paroles du monde. Le père et la fille n'avaient donc pas tout le chagrin qu'on eût souhaité leur faire, et mon père, à moi, ainsi que le restant de la famille, qui étaient chrétiennement sages, me donnaient le conseil et l'exemple de ne point leur en tourmenter l'esprit, disant que la vérité se ferait jour et qu'un temps viendrait où les mauvaises langues seraient punies.

Le temps, qui est aussi un grand balayeur, commençait à emporter de luimême cette méchante poussière. Brulette eût méprisé d'en tirer vengeance et n'en voulut jamais avoir d'autre que de recevoir trèsfroidement les avances qui lui furent faites pour revenir en ses bonnes grâces. Il se trouva, comme il arrive toujours, qu'elle eut des amis parmi ceux qu'elle n'avait pas eu pour galants, et ces amis, sans intérêt et sans dépit, la défendirent au moment qu'elle n'y comptait pas. Je ne parle pas de la Mariton, qui lui était comme une mère, et qui, dans son cabaret, faillit, plus d'une fois, jeter les pots à la tête des buveurs, quand ils se permettaient de chanter la Josette, mais de personnes qu'on ne pouvait accuser d'aller à l'aveugle et qui firent honte aux affronteurs.

Brulette s'était donc rangée, avec peine d'abord, mais peu à peu avec contentement, à une vie plus tranquille que par le passé. Elle était fréquentée de personnes plus raisonnables et venait souvent à la maison avec son Charlot qui, l'hiver passé, perdit les rougeurs de sa mine échauffée et prit une humeur plus avenante. L'enfant n'était pas tant laid que bourru, et quand la douceur et l'amitié de Brulette l'eurent, à fine force, apprivoisé, on s'aperçut que ses gros yeux noirs ne manquaient pas d'esprit, et que, quand sa grande bouche voulait bien rire, elle était plus drôle que vilaine. Il avait passé par une gourme dont Brulette, autrefois si dégoûtée, l'avait pansé et soigné si bravement, qu'il était devenu l'enfant le plus sain, le plus ragoûtant et le plus proprement tenu qu'il y eût dans le bourg. Il avait bien toujours la mâchoire trop large et le nez trop court pour être joli, mais comme la santé est le principal chez un marmot, on ne se pouvait défendre de s'écrier sur sa grosseur, sa force et son air décidé.

Mais ce qui rendait Brulette encore plus fière de son œuvre, c'est que Charlot devenait tous les jours plus mignon de ses paroles et plus franc de son cœur. Quand elle l'avait pris en garde, les premiers mots qu'il sût dire étaient des jurons à faire reculer un régiment; mais elle lui avait fait oublier tout cela et lui avait appris de jolies prières et un tas d'amusettes et de disettes gentilles qu'il arrangeait à sa mode et qui réjouissaient tout le monde. Il n'était pas né câlin et ne caressait pas volontiers le premier venu, mais il avait pour sa mignonne, comme il appelait Brulette, une attache si violente, que quand il avait fait quelque sottise, comme de couper son tablier pour se faire des cravates, ou de mettre son sabot dans le pot à la soupe, il venait audevant des reproches et lui serrait le cou si fort pour l'embrasser qu'elle n'avait pas le courage de lui faire la morale.

Au mois de mai, nous fûmes invités à la noce d'une cousine qui se mariait au Chassin et qui envoya, dès la veille, une charrette pour nous amener, faisant dire à Brulette que si elle ne venait avec Charlot, elle lui enchagrinerait son jour de mariage.

Le Chassin est un joli endroit sur la rivière du Gourdon, à environ deux lieues de chez nous. Le pays rappelle un si peu le Bourbonnais; et Brulette, qui était petite mangeuse, quitta le bruit de la noce et s'en alla promener au dehors pour désennuyer Charlot.Mêmement, me ditelle, je voudrais le conduire en quelque ombrage tranquille, car c'est l'heure où il fait son somme, et le bruit de la noce l'en empêche. S'il y manque, il sera mal à son aise et greugnoux jusqu'au soir.

Comme il faisait grand chaud, je lui fis offre de la conduire dans un petit bois anciennement cultivé en garenne, qui joute le château ruiné, et qui, bien clos encore d'épines et de fossés, est un endroit bien abrité et retiré.Allonsy, ditelle. Le petit dormira sur moi, et tu retourneras te divertir.

Quand nous y fûmes, je la priai de me laisser avec elle.

Je ne suis plus si curieux de noces que j'étais, lui disje, et je m'amuserai autant, sinon mieux, à causer avec toi. On s'ennuie quand on n'est pas dans son endroit et qu'on n'a rien à faire, et tu t'ennuierais là; ou bien tu y serais peutêtre accostée de quelque monde qui, ne te connaissant point, te donnerait une autre sorte d'ennui.

À la bonne heure, réponditelle; mais je vois bien, mon pauvre cousin, que je te suis toujours un embarras; et cependant, tu t'y donnes de si grand'patience et de si bon cœur que je ne sais point m'en déshabituer. Il faudra pourtant bien que ça vienne, car te voilà dans l'âge de t'établir, et la femme que tu auras me verra peutêtre d'un mauvais œil, comme font tant d'autres, et ne voudra point croire que je mérite ton amitié et la sienne.

C'est trop tôt pour t'en tourmenter, lui disje en arrangeant le gros Charlot sur ma blouse que j'étendis sur le gazon, tandis qu'elle s'asseyait à côté de lui pour lui virer les mouches: je ne songe point au mariage, et s'il m'arrive de m'engager dans ce cheminlà, je te jure que ma femme fera bon ménage avec toi, ou que je ferai mauvais ménage avec elle. Il faudrait qu'elle eût le cœur planté de travers pour ne point reconnaître que j'ai pour toi la plus honnête de toutes les amitiés, et pour ne pas comprendre que, t'ayant suivie dans tes joies et dans tes peines, je me suis accoutumé à ta compagnie comme si toi et moi ne faisions qu'un. Mais toi, cousine, ne songestu pas au mariage et astu donc fait la croix sur ce chapitrelà?

Oh! quant à moi, Tiennet, je crois que oui, n'en déplaise à la volonté du bon Dieu! me voilà bientôt fille majeure, et je crois qu'à attendre l'envie du mariage, je l'ai laissée passer sans y prendre garde.

C'est plutôt maintenant qu'elle commence peutêtre, ma mignonne. Le goût du divertissement te quitte, l'amour des enfants t'est venu, et je te vois t'accommoder de la vie tranquille du ménage; mais il n'en est pas moins vrai que tu es toujours dans ton printemps, comme voilà la terre en fleurs. Tu sais que je ne t'en conte plus; ainsi tu peux me croire quand je te dis que tu n'as jamais été si jolie, encore que tu sois devenue un peu pâle, comme était la belle Thérence des bois. Mêmement, tu as pris un petit air triste comme le sien, qui se marie assez bien avec tes coiffes unies et tes robes grises. Enfin, je crois que ton dedans a changé et que tu vas devenir dévote, si tu n'es amoureuse.

Ne me parle pas de cela, mon cher ami, s'écria Brulette. J'aurais pu me tourner vers l'amour ou vers le ciel, il y a un an. Je me sentais, comme tu dis, changée en dedans; mais me voilà attachée aux peines de ce monde, sans y trouver ni la douceur de l'amour, ni la force de la religion. Il me semble que je suis liée à un joug et que je pousse en avant, de ma tête, sans savoir quelle charrue je traîne derrière moi. Tu vois que je n'en suis pas plus triste et que je n'en veux pas mourir; mais je confesse que j'ai regret à quelque chose dans ma vie, non point à ce qui a été, mais à ce qui aurait pu être.

Voyons, Brulette, lui disje en m'asseyant auprès d'elle et lui prenant la main, c'est peutêtre l'heure de la confiance. Tu peux, à présent, me dire tout sans crainte de ma jalousie ou de mon chagrin. Je me suis guéri de souhaiter autre chose que ce que tu peux me bailler. Baillelamoi, cette chose qui m'est bien due, baillemoi la confidence de tes peines.

Brulette devint rouge, fit un effort pour parler, mais ne put dire un mot. On aurait cru que je la forçais de se confesser à ellemême et qu'elle s'en était si bien défendue qu'elle n'en savait plus le moyen.

Elle leva ses beaux yeux sur le pays que nous avions devant nous, car nous nous étions placés au bout du bois, sur un herbage en terrasse qui surmontait un joli vallon tout bosselé en tertres couverts de cultures.

Audessous de nos pieds coulait la petite rivière, et, de l'autre côté, le terrain se relevait tout droit sous une belle futaie de chênes peu étendue, mais si foisonnante en grands arbres qu'on eût dit d'un coin de la forêt de l'Alleu. Je vis dans les yeux de Brulette à quoi elle pensait, et, lui reprenant sa main, qu'elle m'avait retirée pour se prendre le cœur, comme une personne qui souffre de ce côtélà:Estce Huriel ou Joseph? lui disje d'un ton où je ne mettais ni moquerie ni malice.

Ce n'est pas Joseph! réponditelle vivement.

Alors, c'est Huriel; mais estu libre de suivre ton inclination?

Comment auraisje de l'inclination, réponditelle en rougissant toujours plus, pour quelqu'un qui n'a sans doute jamais songé à moi?

Ça n'est pas une raison!

Si fait, je te dis.

Eh non, je te jure. J'en ai bien eu pour toi!

Mais tu t'en es corrigé.

Et toi, tu, te corriges à grand'peine; ce qui veut dire que tu en es encore malade. Mais Joseph?

Eh bien, quoi, Joseph?

Tu ne t'es donc jamais engagée à lui?

Tu le sais bien!

Mais... Charlot?

Eh bien, quoi, Charlot?'

Comme mes yeux étaient tombés sur l'enfant, les siens s'y tournèrent aussi, et puis revinrent sur moi, si étonnés, si clairs d'innocence, que je fus honteux de mon doute comme d'une injure que je lui aurais dite.Ce n'est rien, répliquaije vitement. Je disais Et Charlot, parce que je m'imaginais le voir s'éveiller.

Dans ce momentlà, une sonnerie de musette se fit entendre de l'autre côté de l'eau, dans les chênes, et Brulette en fut secouée comme une feuille par un coup de vent.

Ouidà, lui disje, la danse va s'engager chez la mariée, et je pense qu'on envoie la musique pour te chercher.

Non! non! dit Brulette, qui était devenue pâle. Ce n'est ni un air, ni une musette du pays. Tiennet, Tiennet... ou je suis folle... ou celui qui joue làbas...

Le voistu? lui disje, avançant sur la terrasse et regardant de tous mes yeux; seraitce le père Bastien?

Je ne vois personne, ditelle en me suivant; mais ce n'est pas le grand bûcheux... Ce n'est pas non plus Joseph... C'est...

Huriel peutêtre! Ça me paraît moins sûr que la rivière qui nous en sépare; mais allonsy tout de même; nous trouverons un gué, et s'il est par là, il faudra bien que nous l'attrapions au passage, ce beau muletier, et sachions ce qu'il pense.

Non, Tiennet, je ne veux point quitter ni déranger Charlot.

Au diable Charlot! Alors, attendsmoi là; j'y vas tout seul.

Non, non, non! Tiennet! s'écria Brulette en me retenant à deux mains; l'endroit est dangereux pour descendre.

Quand je m'y devrais casser le cou, je te veux sortir de la peine où tues! m'écriaije.

Quelle peine? fitelle en me retenant toujours et en se ravisant de son premier trouble, par un effort de sa fierté. Qu'estce que ça me fait, que ce soit Huriel ou tout autre qui passe dans ce bois? Croistu que je veuille faire courir après quelqu'un qui, me sachant là, passerait peutêtre encore plus loin.

Si c'est là ce que vous pensez, fitune douce voix derrière nous, il faudra donc que nous nous en allions?

Nous nous étions retournés au premier mot: la belle Thérence était devant nos yeux.

À sa vue, Brulette, qui avait tant murmuré de son oubli, perdit tout son courage, et tomba dans ses bras en versant un grand flot de pleurs.

Eh bien, eh bien, dit Thérence en l'embrassant avec la force d'une vraie fille de fendeux qu'elle était, m'avez vous crue oublieuse de nos amitiés? Pourquoi jugezvous mal des gens qui n'ont point passé un jour sans songer à vous?

Diteslui vitement si votre frère est là, Thérence, m'écriaije, car... Brulette, se retournant, mit sa main sur ma bouche, et je me repris en riant pour dire: Car j'ai grand'soif de le revoir.

Mon frère est là, dit Thérence; mais il ne vous sait point si près... Tenez, le voilà qui s'éloigne, car sa musique ne s'entend quasiment plus.

Elle regarda Brulette, qui redevenait pâle, et ajouta en riant:Il est trop loin pour que je puisse l'appeler, mais il ne tardera pas de tourner par ici et de venir au vieux château. Alors, si vous ne le méprisez pas trop, Brulette, et si vous ne m'en empêchez pas, je lui ferai une petite surprise, à quoi il ne s'attend guère; car il ne croyait vous saluer que ce soir. Nous devions aller vous faire visite à votre bourg, et c'est un bonheur que je vous aie trouvée ici pour nous sauver d'un retard dans notre rencontre. Rentrons sous ce bois, car s'il vous apercevait d'où il est, il serait capable de se noyer en passant la rivière, dont il ne connaît point encore les gués.

Nous retournâmes nous asseoir autour de Charlot, que Thérence regarda, demandant, de son grand air simple et franc, s'il était à moi.À moins que je ne fusse marié depuis longtemps, lui répondisje, ce qui n'est pas...

Il est vrai, repritelle en le regardant mieux, c'est déjà un petit bonhomme; mais vous auriez pu être marié quand vous êtes venu chez nous. Puis, elle avoua, en riant, qu'elle se faisait peu d'idée de la croissance des marmots, n'en voyant guère pousser dans les bois où elle vivait toujours, et où les humains ont peu coutume d'amener et d'élever leurs familles.Vous me retrouvez aussi sauvage que vous m'avez laissée, repritelle, mais cependant moins quinteuse, et j'espère que ma douce Berrichonne n'aura plus à se plaindre de ma méchante humeur.

En effet, dit Brulette, vous me paraissez plus gaie, mieux portante, et si fort embellie qu'on a les yeux éblouis de vous regarder.

C'était là une remarque qui m'avait brûlé la vue dès le premier moment. Thérence avait fait une provision de santé, de fraîcheur et de clarté dans la figure qui la changeait en une autre femme. Si elle avait encore l'œil un peu enfoncé sous le front, son sourcil noir ne se tordait plus pour en cacher le feu, et s'il y avait toujours de la fierté dans son rire, il y avait aussi de la belle gaieté qui, par moments, faisait reluire ses dents brillantes comme des perles de rosée dans une fleur. Ses joues n'étonnaient plus par leur blancheur de fièvre, le soleil de mai l'ayant un peu mordue en voyage; mais il y avait poussé des roses; et je ne sais pas quoi de jeune, de fort, de vaillant dans toute sa mine me fit sauter le cœur à une idée qui me vint, je ne sais comment, en regardant si le signe noir comme un velours, qu'elle avait au coin de la bouche, était toujours bien à la même place.

Mes amis, nous ditelle en essuyant ses beaux cheveux, crêpelés naturellement, que la chaleur avait collés à son front, puisque nous avons un moment pour nous parler avant que mon frère soit ici, je vous veux, sans grimace et sans honte, régaler de mon histoire; car à cette histoirelà tient celle de plusieurs autres. Seulement, dismoi, Brulette, si ce Tiennet, dont tu faisais autrefois grande estime, est, comme il me paraît, toujours le même, et si je peux reprendre la causette avec toi comme le jour où nous l'avons laissée, il y aura un an à la moisson qui vient?

Oui, ma chère Thérence, tu le peux, répondit ma cousine, contente d'en être tutoyée pour la première fois.

Eh bien, Tiennet, dit Thérence avec une vaillantise de bonne foi sans pareille, et qui la faisait bien différer de la retenue et craintive Brulette, je ne vous apprendrai rien en vous disant que l'an passé, avant votre visite chez nous, je m'étais attachée à un pauvre garçon triste et souffrant de son corps, comme une mère s'attache à son enfant. Je ne le savais pas encore épris d'une autre, et lui, voyant mon amitié, dont je ne me cachais point, n'avait pas le courage de me dire que j'en serais mal payée. Pourquoi Joseph, car je peux bien le nommer, et vous voyez, mes amis, que ça ne me fait point changer de couleur, pourquoi Joseph, à qui j'avais tant demandé, dans ses défaillances de maladie, de me dire la cause de ses peines, m'avaitil juré n'en avoir point d'autre que le regret de sa mère et de son pays? Il me jugeait donc lâche et me faisait injure, car s'il se fût ouvert à moi, c'est moi qui aurais été chercher Brulette, sans sourciller, et sans tomber dans le tort de prendre une mauvaise opinion d'elle, comme cela m'est arrivé, dont je me confesse et lui demande pardon.

Tu l'as déjà fait, Thérence, et il n'y a rien à pardonner quand l'amitié y est déjà.

Oui, mon enfant, reprit Thérence, mais le tort que tu oublies, je n'en ai pas moins gardé souvenance, et, pour tout au monde, j'aurais voulu le réparer auprès de Joseph en lui conservant mes soins, mon amitié, ma bonne humeur après ton départ. Songez, mes amis, que je n'avais jamais menti, moi, et que, dès mon plus jeune âge, mon père, qui s'y connaît, m'avait surnommée Thérence la sincère. Quand, sur les bords de votre Indre, la dernière fois que je vous vis, à moitié chemin de chez vous, je parlai seule à seul un moment avec Joseph, le priant de revenir chez nous et lui promettant que rien ne serait changé dans mon intérêt pour son repos et sa santé, pourquoi atil refusé, dans son cœur, de me croire? Et pourquoi, me promettant, des lèvres, de revenir, mensonge dont je ne fus point dupe, se retiratil de moi pour toujours en me méprisant, comme une fille sans souci et sans honte qui le tourmenterait de quelque lâche folleté d'amour?

Eh quoi, disje, estce que Joseph, qui n'a passé que vingtquatre heures avec nous, n'est pas retourné auprès de vous autres, pour, à tout le moins, vous dire ses desseins et faire ses adieux? Depuis qu'il nous a quittés, nous n'avons point eu de nouvelles de lui.

Si vous n'en avez point eu nouvelles, reprit Thérence, je vas vous en dire. Joseph est retourné en nos bois sans nous voir, sans nous parler. Il est venu nuitamment comme un voleur qui a honte du soleil. Il est entré en sa loge pour prendre sa cornemuse et ses effets, et il est parti sans saluer le seuil de la cabane de mon père, sans seulement détourner la tête de notre côté. Je l'ai vu, je ne dormais pas. J'ai suivi de l'œil toutes ses actions, et quand il a été enfoncé dans le bois, je me suis sentie aussi tranquille qu'une morte. Mon père m'a réchauffée au soleil du bon Dieu et de son grand cœur. M'emmenant avec lui dans la lande, il m'a parlé tout un jour, ensuite toute une nuit, jusqu'à ce qu'il m'ait vue prier et dormir. Vous connaissez un peu mon père, mes chers amis, mais vous ne pouvez pas savoir comme il aime ses enfants, comme il les console, comme il sait trouver tout ce qu'il faut leur dire pour les rendre semblables a lui, qui est un ange du ciel caché sous l'écorce d'un vieux chêne.

»Mon père m'a guérie; sans lui, j'aurais méprisé Joseph; à présent, je ne l'aime plus, voilà tout!

Et, finissant ainsi, Thérence essuya encore son beau front, mouillé de sueur, reprit son haleine, embrassa Brulette, et me tendit, en riant, une grande main blanche et bien faite, dont elle secoua la mienne avec la franchise qu'un garçon eût pu y mettre.

Vingt et unième veillée.

Je vis que Brulette était portée à blâmer Joseph trèssévèrement et je pensai devoir le défendre un peu.Je suis loin d'approuver ce que sa conduite montre d'ingratitude envers vous, disje à Thérence; mais, puisque vous en êtes assez revenue pour voir selon la justice, convenez qu'au fond de son idée, il y avait un respect pour vous et une crainte de vous tromper. Tout le monde n'est pas vous, ma belle fille des bois, et je pense même que peu de gens ont le cœur assez pur et le courage assez franc pour aller droit au but et dire, comme cela, les choses telles qu'elles sont. Et puis, vous avez une somme de force et de vertu dont Joseph, et bien d'autres en sa place, ne se sentiraient peutêtre point capables.

Je ne vous entends point, dit Thérence.

Si fait moi, dit Brulette. Joseph craignait sans doute de se laisser jeter un charme par votre beauté, et de vous aimer pour cela, sans pouvoir vous donner tout son cœur, comme vous le méritez.

Oh! dit Thérence, toute rougissante d'orgueil fâché, c'est juste de cela que je me plains! Joseph a craint de m'entraîner dans quelque faute, dites le mot. Il n'a pas compté sur ma raison et sur mon honneur. Eh bien, son estime m'eût consolée, au lieu que son doute est une chose humiliante. N'importe, Brulette, je lui pardonne tout, parce que je n'en souffre plus et me sens audessus de lui; mais rien n'ôtera du fond de mon cœur que Joseph a été ingrat envers moi et qu'il a vu petitement son devoir. Je vous dirais: N'en parlons plus, si je n'étais obligée de vous raconter le reste; mais il le faut, autrement vous ne sauriez quoi penser de la conduite de mon frère.

Ah! Thérence, dit Brulette, il me tarde bien d'apprendre de vous s'il n'y a pas eu de suites à un malheur qui nous tourmentait tous làbas!

Mon frère, dit Thérence, n'a pas fait ce qu'on s'imaginait. Au lieu de s'en aller cacher son malheureux secret dans les pays éloignés, il est revenu sur ses pas au bout de huit jours. Il a été chercher le carme à son couvent, qui est du côté de Montluçon, où il savait qu'il le trouverait revenu de sa tournée.

»Frère Nicolas, qu'il lui a dit, je ne peux pas vivre avec un mensonge si lourd sur le cœur. Vous m'avez dit de m'en confesser à Dieu, mais il y a sur la terre une justice qui, pour n'être pas toujours bien rendue, n'en est pas moins une loi venue du ciel. Il faut donc que je me confesse aussi aux hommes, et que j'endure la peine et le blâme que j'ai pu mériter.

»Un moment, mon fils, a répondu le moine; les hommes ont inventé la peine de mort, que Dieu réprouve, et ils vous tueront peutêtre volontairement pour avoir tué par mégarde.

»Ça n'est pas possible, a dit mon frère. Je n'ai pas voulu tuer, et je le prouverai.

»Vous le prouverez par témoins, a dit le moine; alors vous compromettrez vos compagnons, votre chef, qui est mon neveu et qui n'est pas plus assassin que vous dans son intention: vous les exposerez à être tourmentés et vous vous verrez entraîné à trahir les jurements que vous avez faits à votre confrérie. Tenez, restez à mon couvent et attendezmoi. Je me charge d'arranger tout, pourvu que vous ne me demandiez pas trop comment.»

»Là dessus le carme a été trouver son abbé, lequel l'a renvoyé devant son évêque, celui que, dans les campagnes, nous appelons le grand prêtre, comme dans les temps anciens, et qui est évêque de Montluçon. Le grand prêtre, qui a le pouvoir d'être écouté des plus grands juges, a dit et fait des choses que nous ne savons point; puis il a mandé mon frère devant lui et lui a dit: «Mon fils, confessezvous à moi comme à Dieu.» Et Huriel ayant dit toute la vérité de bout en bout, l'évêque lui a dit encore: «Faitesen pénitence, mon fils, et repentezvous. Votre affaire est arrangée devant les hommes; vous n'en serez jamais inquiété; mais vous devez apaiser le mécontentement de Dieu, et pour cela, je vous engage à quitter la compagnie et la confrérie des muletiers, qui sont gens sans religion et dont les pratiques secrètes sont contraires aux lois du ciel et de la terre.» Et mon frère lui ayant humblement remontré qu'il s'y trouvait pourtant d'honnêtes gens: «C'est tant pis, a dit le grand prêtre. Si les honnêtes gens qui s'y trouvent refusaient les serments qui s'y font, le mal sortirait de cette sociétélà, et ce serait une corporation d'ouvriers aussi estimable que toute autre.»

»Mon frère a réfléchi aux paroles du grand prêtre, et aurait souhaité réformer les mauvaises coutumes de ses confrères, ce qui lui paraissait plus utile que de les abandonner. Il a donc été les trouver et leur a fort bien parlé, à ce qu'on m'a dit; mais, après l'avoir écouté trèsdoucement, ils lui ont répondu ne pouvoir et ne vouloir rien changer dans leurs usances. Sur quoi, il leur a payé le dédit convenu, a vendu tous ses mulets, et n'a gardé que son clairin pour notre service. Par ainsi, Brulette, ce n'est pas un muletier que vous allez voir, mais un bon et solide fendeux de bois qui travaille avec son père.

Et qui a dû avoir un peu de peine à s'y habituer, peutêtre? dit Brulette, cachant mal le plaisir qu'elle goûtait dans toutes ces nouvelles.

S'il a senti quelque peine à changer de travail, répondit Thérence, il s'en est consolé en se souvenant que vous aviez peur des muletiers, et que dans vos pays, on les avait en abomination. Mais puisque j'ai contenté votre impatience de savoir comment mon frère était sorti de ses peines, il faut que vous m'entendiez vous reparler de Joseph, pour vous en apprendre une chose qui vous fâchera peutêtre, belle Brulette, et vous étonnera encore plus.

Comme Thérence disait cela avec un peu de malice et de gaieté, Brulette ne s'en inquiéta point, et la pria de s'expliquer.

Sachez donc, dit Thérence, que nous avons passé ces trois derniers mois en la forêt de Montaigu, où nous avons rencontré Joseph bien portant, mais toujours sérieux et comme recueilli en luimême; et, si vous voulez connaître où il est, je vous dirai que nous l'avons laissé par là avec mon père, qui l'aide à se faire recevoir maître sonneur; car vous savez, ou ne savez pas, que cela aussi est une confrérie, et qu'il y faut des pratiques dont on ne dit pas le secret. Joseph a été embarrassé d'abord en nous voyant. Il se sentait honteux pour me parler, et nous eût peutêtre évités, si mon père, après lui avoir reproché son manque de fiance et d'amitié, ne l'eût retenu, sachant bien qu'il lui était encore nécessaire. En s'assurant que j'étais tranquille et sans mauvaise ressouvenance, Joseph s'est enhardi à nous redemander notre amitié, et mêmement a tâché de s'excuser de sa conduite; mais mon père, qui ne lui voulait point laisser mettre le doigt sur la blessure, a tourné la chose en plaisanterie, et lui a fait travailler le bois et la musique, à seules fins de le mener vitement au bout de sa tâche.

Or, comme il ne nous parlait point de vous autres, je m'en suis étonnée, et l'ai questionné beaucoup sans en pouvoir tirer un mot. Ni mon frère ni moi n'avions de vos nouvelles, qui ne nous sont venues que la semaine dernière, quand nous avons passé par notre pays d'Huriel. Nous étions donc tourmentés à votre sujet, et mon père ayant dit un peu vivement à Joseph que s'il avait des lettres de son pays, il devait au moins nous dire qui vit ou qui meurt, Joseph lui a répondu: «Tout le monde va bien et moi aussi.» Et il disait cela d'une voix qui sonnait bien creux.

Mon père, qui n'y va point par quatre chemins, lui a commandé de parler; mais lui, d'un ton raide: «Je vous dis, mon maître, que tous nos amis de làbas sont contents, et que si vous me voulez accorder votre fille en mariage, je serai aussi content que les autres.»

Nous avons pensé d'abord qu'il devenait fou, et ne lui avons répondu qu'en riant, encore que son air nous donnât de l'inquiétude; mais il y revint sérieusement deux jours après et me demanda à moimême si j'avais de l'amitié pour lui. Je n'eus point d'autre vengeance à faire d'une offre si tardive que de lui répondre: «Oui, Joseph, j'ai de l'amitié pour vous, comme Brulette en a.»

Il serra la bouche, baissa la tête et n'y revint pas.

Mais mon frère l'ayant pris dans un autre moment, en a eu cette réponse: «Huriel, je ne pense plus à Brulette, et te prie de ne m'en jamais parler.»

Il n'y a pas eu moyen d'en tirer davantage, sinon qu'il voulait, aussitôt qu'il serait reçu maître sonneur, aller pratiquer un bout de temps en son pays, pour montrer à sa mère qu'il était en état de la soutenir; après quoi, il irait se fixer avec elle dans la Marche, ou dans le Bourbonnais si je voulais être sa femme.

Alors il y a eu entre mon père, mon frère et moi de grandes explications. Tous deux me voulaient faire confesser que j'y consentirais peutêtre; mais Joseph y revenait trop tard pour moi, et j'avais fait trop de réflexions à son sujet. J'ai refusé tranquillement, ne sentant plus rien pour lui, et sentant bien aussi qu'il n'avait jamais rien eu pour moi. Je suis fille trop fière pour vouloir être un remède contre le dépit. J'ai pensé que vous lui aviez écrit pour lui ôter l'espérance...

Non, dit Brulette, je ne l'ai point fait, et c'est tout bonnement grâce à Dieu qu'il m'a oubliée. C'est peutêtre qu'il vous connaît mieux, ma Thérence, et que...

Non, non, dit résolument la fille des bois: si ce n'est par dépit contre votre indifférence, c'est alors par dépit contre ma guérison. Il ne ferait donc cas de moi que parce que je n'en fais plus assez de lui! Si c'est là son amour, ce ne serait pas le mien, Brulette! Tout ou rien; oui pour la vie en toute franchise, ou non pour la vie en toute liberté!

»Mais voilà cet enfant qui s'éveille, et je vous veux emmener à ma demeurance du moment, qui est ce vieux château du Chassin.

Ne nous direzvous, au moins, fit Brulette, bien intriguée de tout ce qu'elle apprenait, comment et pourquoi vous êtes dans le pays d'ici?

Vous êtes trop pressée de savoir, répondit Thérence; soyezle donc un peu plus de voir!

Et la prenant par le cou avec son beau bras nu, tout brun du soleil, elle l'emmena sans lui donner le temps de ramasser Charlot, qu'elle prit comme un chebrilion sous son autre bras, encore qu'il fût déjà lourd comme un petit bœuf.

Le fief du Chassin a été un château, j'ai ouï dire, avec justice et droits seigneuriaux; mais, dans ce tempslà, il n'en restait déjà plus que le porche qui est une pièce de conséquence, lourdement bâtie, et si épaisse qu'il y a des chambres logeables dans les côtés. Il me paraîtrait même que la bâtisse que je vous nomme un porche, et dont l'usage n'est guère facile à expliquer à présent (de la manière qu'il est construit), était une voûte servant d'entrée à d'autres bâtiments; car, de ceux qui restent autour du préau et qui ne sont que mauvaises étables et granges délabrées, je ne sais quelle défense on aurait pu tirer, ni quelles aises on eût pu s'y donner. Il y avait encore cependant, à l'heure que je vous raconte, trois ou quatre chambres dégarnies qui paraissaient anciennes; mais si jamais gros seigneurs s'y sont logés pour leur plaisir, il ne leur en fallait guère.

C'est pourtant dans cette masure que le bonheur attendait quelquesuns de ceux dont je vous dis l'histoire, et comme s'il y avait un je ne sais quoi de caché dans l'homme, qui le régale par avance des biens qui lui sont promis, Brulette et moi ne trouvâmes rien de laid ni de triste en cet endroit. Le préau herbu, entouré de deux côtés par les ruines, des deux autres par le petit bois dont nous sortions; la grande haie où déjà je m'étais étonné de voir des arbustes connus seulement dans les jardins des riches, ce qui marquait que le lieu avait eu des soins et des agréments; le gros portail trapu, toutencombré de décombres, où l'on voyait pourtant des bancs de pierre, comme si au temps jadis quelque guetteur avait eu charge de garder cette baraque réputée précieuse; des ronces si longues qu'elles couraient d'un bout à l'autre de ce chétif enclos: tout cela, encore que semblable à une prison fermée d'oubli et de délaissement plus qu'autrefois de guerre et de méfiance, nous parut cependant aimable comme le soleil de printemps qui en perçait les barrières et en séchait l'humidité. Peutêtre aussi que la vue de notre vieille connaissance, le clairin d'Huriel, qui paissait là en liberté, nous fut un avantgoût de la présence d'un vrai ami. Je compte qu'il nous reconnut, car il vint se faire caresser, et Brulette ne se put tenir de baiser la lune blanche qu'il avait au front.

Voilà mon château, dit Thérence en nous menant à une chambre où déjà étaient installés son lit et ses petits meubles, et vous voyez, à côté, celle de mon frère et de mon père.

Il va donc venir, le grand bûcheux? m'écriaije en sautant d'aise; à la bonne heure! car je ne connais pas de chrétien plus à mon goût.

Et raison vous avez, fit Thérence en me tapant sur l'oreille d'un air d'amitié. Il vous aime aussi. Eh bien, vous le verrez, si vous voulez revenir la semaine prochaine, et même... Mais c'est trop tôt vous parler de cela. Voilà le patron qui arrive.

Brulette rougit encore, pensant que ce fût Huriel que Thérence appelait ainsi; mais ce n'était qu'un bourgeois étranger, lequel avait acheté la coupe de la forêt du Chassin.

Je dis forêt parce que, sans doute, il y en avait une autrefois, qui continuait la petite et belle futaie de chênes que nous avions avisée de l'autre côté de l'eau. Puisque le nom s'en est conservé, il faut croire qu'il n'y a pas été donné pour rien. Par la conversation que cet acheteur de bois eut avec Thérence, nous fûmes bien vite au fait. Il était du Bourbonnais et connaissait, de longue date, le grand bûcheux et sa famille pour gens de bon travail et de parole certaine. Étant en quête, par son état, de beaux arbres pour la marine du roi, il avait découvert cette coupe vierge, chose rare en nos pays, et avait confié l'entreprise de l'abatage et du débitage au père Bastien, à quoi celuici s'était décidé d'autant mieux que son fils et sa fille, sachant l'endroit voisin du nôtre, avaient fait grand'fête à l'idée de venir passer tout l'été et peutêtre partie de l'hiver auprès de nous.

Le grand bûcheux avait donc le choix et la gouverne de ses ouvriers par un contrat à forfait avec le fournisseur des chantiers de l'État; et pour faciliter son exploitation, ce fournisseur avait fait consentir le propriétaire de la forêt à lui céder gratis l'usance du vieux château, où lui, bourgeois, se serait senti bien mal logé, mais où une famille de bûcheux se trouverait mieux, dans la saison avancée, que sous ses cabanes de pieux et de bruyères.

Huriel et sa sœur étaient arrivés depuis le matin seulement; l'une avait commencé de s'installer, tandis que l'autre avait été faire connaissance avec le bois, le terrain et les gens du pays.

Nous entendîmes que l'acheteur rappelait à Thérence, qui paraissait s'entendre aussi bien qu'homme que ce fut aux affaires du bûchage, une condition de son accord avec le père Bastien. C'était qu'il n'emploierait que des ouvriers bourbonneux pour le débitage des tiges, vu qu'eux seuls en savaient le ménagement, et non point ceux du pays, qui lui gâteraient ses plus belles pièces. «C'est bien, lui répondit la fille des bois; mais pour le fagotage, nous prendrons qui nous voudrons. Nous ne sommes point d'avis de retirer tout ouvrage aux gens d'ici, qui nous molesteraient et nous prendraient en haïtion. Ils y sont déjà assez portés envers tout ce qui n'est pas de leur paroisse.»

Or donc, Brulette, nous ditelle quand fut parti le patron, qui avait établi son quartier à Sarzay, m'est avis que si rien ne te retient dans ton village, tu pourrais bien faire faire à ton grandpère un joli emploi de son été. Tu m'as dit qu'il était encore bon ouvrier, et il aurait affaire à un bon chef, qui est mon père et qui lui en laisserait prendre à son aise. Vous vous logeriez ici sans rien dépenser, nous ferions ménage ensemble...

Et comme Brulette mourait d'envie de dire oui, et n'osait point se trahir encore, Thérence ajouta:Si tu barguignes, je croirai que tu as le cœur engagé dans ton endroit, et que mon frère arrive trop tard.

Trop tard? fit une voix bien sonnante qui venait de la petite fenêtre grillagée de lierre: que le bon Dieu fasse mentir cette parolelà!

Et Huriel, beau et frais comme un homme joli qu'il était quand le charbon ne lui faisait plus de tort, entra vitement et enleva Brulette dans ses bras pour lui baiser fortement les joues, car il n'était pas façonnier et ne connaissait point la retenue un peu glaçante des gens de chez nous. Il paraissait si content, criait si haut et riait si fort qu'il n'y avait pas moyen pour elle de s'en fâcher. Il me bigea aussi comme du pain, et sautait par la chambre comme si la joie et l'amitié lui eussent fait l'effet du vin nouveau.

Mais, tout d'un coup, ayant observé Charlot, il s'arrêta, regarda d'un autre côté, s'efforça pour dire deux ou trois mots qui n'avaient point rapport à lui, s'assit sur le lit de sa sœur et devint si pâle que je crus qu'il s'en allait en pâmoison.

Qu'estce qu'il a donc? cria Thérence étonnée; et, lui touchant la tête, elle dit:Ah! mon Dieu, ta sueur se glace sur toi! Tu te sens donc malade?

Non, non, fit Huriel en se relevant et se secouant. C'est la joie, le saisissement... ce n'est rien!

À ce momentlà, la mère de la mariée vint nous demander pourquoi nous avions quitté la noce, et si Brulette ou l'enfant n'étaient point malades. Voyant que nous avions été retenus par une compagnie étrangère, elle invita trèshonnêtement Huriel et Thérence à venir se divertir avec nous, au repas et à la danse. Cette femme, qui était ma tante, étant sœur de mon père et du défunt père à Brulette, me paraissait être dans le secret de la naissance de Charlot, car il n'avait été fait aucune question sur lui, et on en avait eu grand soin en son logis. Mêmement, elle avait dit à son monde que c'était un petit parent, et les gens du Chassin n'en avaient pris aucun soupçon.

Comme Huriel, qui était encore troublé dans ses esprits, remerciait ma tante sans se décider à rien, Thérence le réveilla en lui disant que Brulette était obligée de reparaître à la noce et que s'il ne l'y suivait, il perdrait l'occasion de l'amener à ce qu'ils souhaitaient tous les deux. Mais Huriel était devenu inquiet et comme hésitant, lorsque Brulette lui dit:Estce que vous ne me voulez point faire danser aujourd'hui?

Vrai, Brulette? lui ditil en la regardant bien aux yeux: souhaitezvous m'avoir pour danseur?

Oui, car je me souviens que vous dansez au mieux.

Estce là toute la raison de votre souhait?

Brulette fut embarrassée, trouvant que ce garçon était bien pressé de la faire expliquer, et n'osant cependant pas revenir à ses petits airs dégagés d'autrefois, tant elle craignait de le voir se dépiter ou se décourager encore. Mais Thérence essaya de la retirer de sa peine en faisant reproche à Huriel d'en trop demander pour le premier jour.

Tu as raison, sœur, réponditil. Et pourtant je ne puis me comporter autrement. Écoutez, Brulette, et pardonnezmoi. Il faut que vous me promettiez de n'avoir pas d'autre danseur que moi à cette fête, ou je n'irai point.

Eh bien, voilà un drôle de garçon! dit ma tante qui était une petite femme gaie et prenant tout pour le mieux. Je vois bien, ma Brulette, que c'est un galant pour toi, et m'est avis qu'il n'en tient pas à moitié; mais apprenez, mon enfant, ditelle a Huriel, que ce n'est pas la coutume de notre pays de tant montrer ce qu'on pense, et qu'on ne danse ici plusieurs fois de suite qu'avec une fille dont on a, en promesse, le cœur et la main.

C'est ici comme chez nous, ma bonne mère, répondit Huriel, et cependant il faut qu'avec ou sans promesse de son cœur, Brulette que voilà me fasse promesse de sa main pour toute la danse.

Si cela lui convient, je ne l'empêche pas, reprit ma tante. Elle est raisonnable, et sait trèsbien se conduire; mais j'ai devoir de l'avertir qu'il en sera beaucoup parlé.

Frère, dit Thérence, je crois que tu deviens fou. Estce comme cela qu'il faut être avec cette Brulette que tu connais si retenue, et qui ne t'a pas encore donné les droits que tu réclames?

Oh! que je sois fou, qu'elle soit retenue, tout cela se peut, dit Huriel; mais il faut que ma folie ait raison et que sa retenue ait tort aujourd'hui, tout de suite. Je ne lui demande rien autre chose que de me souffrir auprès d'elle jusqu'à la fin de cette noce. Si elle ne veut plus entendre parler de moi après, elle en sera maîtresse.

C'est bien, dit ma tante; mais le tort que vous lui aurez fait, si vous vous retirez d'elle, qui le réparera?

Elle sait, dit Huriel, que je ne me retirerai pas.

Si tu le sais, dit ma tante à Brulette, voyons, expliquetoi; car voilà une affaire à quoi je ne comprends rien. T'estu donc accordée avec ce garçon dans le Bourbonnais?

Non, répondit Huriel, sans laisser à Brulette le temps de parler. Je ne lui ai rien demandé, jamais! Ce que je lui demande à cette heure, c'est à elle, à elle toute seule et sans consulter personne, de savoir si elle me le peut octroyer.

Brulette, tremblante comme une feuille, s'était tournée vers le mur et cachait sa figure dans ses mains. Si elle était contente de voir Huriel si résolu auprès d'elle, elle était fâchée aussi de le voir prendre si peu d'égard pour son naturel craintif et incertain. Elle n'était pas bâtie comme Thérence, pour dire comme cela un beau oui tout de suite et devant tout le monde; si bien que, ne sachant comment en sortir, elle s'en prit à ses yeux et pleura.